Silène Edgar est l'autrice d'une dizaine de livres pour adultes et plus jeunes, dont plusieurs romans historiques à partir de dix ans, publiés chez Castelmore et pour la plupart disponibles en version DYS. *14-14*, le roman qu'elle a écrit avec son complice Paul Beorn, s'est vu décerner le prix Gulli du roman 2014 et le prix des Incorruptibles 2016. Après avoir enseigné le français pendant quinze ans, Silène se consacre dorénavant à l'écriture.

Paul Beorn a écrit une douzaine de romans pour tous les âges, où se mêlent bien souvent magie et Histoire. Il a reçu, outre le prix des Incorruptibles 2016, le Prix Imaginales des lycéens en 2016 et le Prix Imaginales des bibliothécaires en 2019. Invité par Silène Edgar sur ce roman, il a prêté sa plume pour écrire quatre courtes lettres au fil du récit.

De la même autrice :

14-14 (en collaboration avec Paul Beorn)
Adèle et les Noces de la reine Margot
Les Lettres volées
42 jours
Lune Rousse (en collaboration avec Paul Beorn)
La Dame des murs (avec la participation de Paul Beorn)

Moana :
1. *La Saveur des figues*
2. *Le Bateau vagabond*
3. *À la source des nuages*

Silène Edgar
avec la participation
de Paul Beorn

La Dame des Murs

1961-2021
Derrière le Mur, la magie
au cœur des souvenirs.

CASTELMORE

Castelmore est un label des éditions Bragelonne

Loi n° 49-956 du 16 juillet 1949
sur les publications destinées à la jeunesse

ISBN : 978-2-36231-753-8

Castelmore
60-62, rue d'Hauteville – 75010 Paris
E-mail : info@castelmore.fr
Site Internet : www.castelmore.fr

Les hommes construisent trop de murs
et pas assez de ponts.
Isaac Newton

À mes chanteuses et à notre chef d'orchestre.
À Olga, Ana, Alla, Sophie V.B. et Natacha.

1

Soixante-douze ans

— Aïe, mais c'est quoi ce truc de m…

— Un problème, mamie ?

Mara se retourne, furax.

— Ne m'appelle pas « mamie », j'ai l'impression d'être vieille.

Emma fait une moue moqueuse qui en dit suffisamment long pour que Mara se renfrogne un peu plus. Soixante-douze ans, c'est vieux, elle le sait bien, pas la peine de retourner le couteau dans la plaie.

— Aide-moi, au lieu de te moquer.

Emma s'approche, elle penche un peu la tête.

— Je ne comprends pas ton problème.

— Ça ne marche pas, voilà le problème !

— Tu l'as allumée ?

— C'est ce que j'essayais de faire, justement.

— Là.

En soupirant, Emma appuie sur un bouton, caché au dos de la cafetière toute neuve, puis sur le voyant lumineux et l'arôme délicieux du café les enrobe toutes les deux. La jeune fille adore cette odeur quoiqu'elle trouve le café trop amer.

— Merci, dit Mara du bout des lèvres.

— Tu n'as pas de cafetière comme ça chez toi ? Je croyais que tu étais riche.

— Oui, je suis riche, et si tu veux savoir, je me fais livrer mon café directement de la meilleure boutique de Rome. Mais je fais mon café à l'ancienne, à l'italienne, c'est meilleur. Je te montrerai.

— Tu m'invites chez toi ? s'étonne sa petite-fille.

— Ben oui… Quelle question !

— Tu ne l'as jamais fait.

— Je ne pensais pas qu'il y avait besoin d'un carton d'invitation. Tu n'es jamais venue.

— Maman n'est pas hyper ouverte à l'idée que j'aille à Paris toute seule, tu sais.

— Ce n'est pourtant pas le bout du monde, j'ai mis deux heures à venir avec le TGV, et j'habite juste à côté de la ligne qui mène à Montparnasse.

— T'auras qu'à lui dire, tiens.

C'est au tour d'Emma de se renfrogner. Cela amuse Mara qui se dit que, malgré leur peu de contacts, elles se ressemblent pour ce qui est du caractère. Et sa petite-fille a cette ride de mécontentement, là, entre les sourcils, qu'elle connaît bien puisqu'elle a la même. Seulement la sienne est plus profondément ancrée après toutes ces années. Mara s'installe à la table de la cuisine, observant la pièce autour d'elle avec curiosité.

— Vous avez repeint ici, non ?

— Oui…

— Ça fait longtemps ?

— L'an dernier, pendant le premier confinement.

— Ta mère a du goût, c'est agréable comme endroit.

— Mmmh mmh.

— Tu ne veux pas me parler ?
— Si, pourquoi ?
— J'ai l'impression de te tirer les vers du nez.
— Beurk ! C'est quoi cette expression ?

Emma fait la moue, encore, imaginant des vers de terre lui sortant des narines. Elle a une imagination très visuelle et elle prend toujours les expressions au pied de la lettre. En pensant ça, elle s'imagine d'ailleurs, toute petite au pied d'un énorme A. C'est difficile pour elle, la langue française est bourrée d'expressions imagées !

— J'ai bien envie de parler avec toi, mais je ne sais pas trop quoi te dire.

— On va trouver, on est coincées là toutes les deux pour dix jours, rétorque Mara en montrant sa joue gonflée, alors il va bien falloir.

La grand-mère d'Emma s'est cassé une dent qu'il fallait donc extraire ; une de ses amies de l'Opéra lui ayant vanté les mérites incomparables du docteur Chanseau, à Bordeaux, la célèbre cantatrice a décidé qu'il lui fallait à tout prix ce médecin de choix pour sa bouche si précieuse. Quand il lui a expliqué qu'elle aurait sans doute le visage enflé et qu'il lui serait impossible de chanter pendant quinze jours, elle s'est invitée chez sa fille, Héloïse, à Libourne. Sans qu'il soit possible de la contredire, elle a décrété qu'elle passerait sa convalescence à la maison, qu'elle n'avait jamais vue, en attendant de se faire retirer les points, plutôt que de rentrer sur Paris avec une « difformité du visage préjudiciable à son image publique ».

Qu'elle aurait la honte, quoi, en langage normal !

Ça n'est pas simple de vivre avec elle, parce qu'elle n'est pas très famille. Pas du tout même. Emma l'a croisée cinq ou six fois dans sa vie, alors qu'elle voit Mamouche, son autre grand-mère, tous les trois jours. C'est plus facile aussi : ses grands-parents paternels habitent aussi à Libourne ; ils sont installés au cœur de la vieille bastide tandis qu'Emma et ses parents vivent en périphérie, au milieu des vignes, dans une maison qui ressemble à celle de Jacques Tati, dans le film *Mon oncle*. Avant la retraite, Mamouche était femme de ménage et Papouche travaillait comme pompier. Pas du tout le même univers que Mara, la grande star de l'opéra.

* * *

Mara s'est beaucoup plaint au petit déjeuner : elle ne supporte pas de devoir prendre la voiture pour aller « en ville », elle qui a l'habitude de sauter dans un taxi pour se rendre où elle veut, quelle que soit la capitale du monde qu'elle visite pour ses concerts. Elle appelle sa fille Héloïse en appuyant sur le i, ce qui est agaçant.

Emma n'a rien dit mais elle ne comprend pas bien le problème puisque la vieille dame n'a ni véhicule ni permis. Emma a vu sa mère lever les yeux au ciel trois ou quatre fois pendant le repas, et elle s'est félicitée de ne pas être la cause de son agacement, pour une fois. Et puis Hélo-ïse a filé au travail, les laissant toutes les deux, non sans détailler des instructions à sa fille.

— Emma, tu te chargeras du linge, de vider le lave-vaisselle et tu prendras une douche, s'il te plaît… j'aimerais bien ne plus avoir à te le dire. Tu as presque quatorze ans, quand même.

— Et moi, j'ai des corvées à faire ? s'est moquée Mara.

— Toi, tu as une tonne de courrier de fans, il me semble ! a répondu maman en désignant le tas de lettres entassées sur la table basse.

— Je ne comprends pas pourquoi tu t'es sentie obligée de ramener tout ça de Paris, a pesté la grand-mère.

— Parce que tu as viré ton secrétaire, voilà pourquoi !

— Je ne l'ai pas congédié. Il est parti.

Emma a rigolé, intérieurement. Le nombre impressionnant de secrétaires que Mara a embauchés avant qu'ils ne disparaissent quelques mois plus tard est un sujet de blague perpétuel entre son père et elle. Enfin, quand il est là.

— Je peux appeler papa ?

— Oui, tu te rappelles qu'il a cinq heures de décalage ? Il faut que tu l'appelles cet aprem si tu ne veux pas le déranger, a ordonné Héloïse en prenant son sac à main et ses lunettes de soleil. Je rentre vers 17 heures, on pourra aller se promener à Saint-Émilion.

Ni Mara ni Emma n'ont réagi, le nez dans leur mug respectif. Aucune des deux n'aime trop qu'on lui donne des ordres.

* * *

Et maintenant elles sont de nouveau là, silencieuses, à se demander ce qu'elles vont pouvoir se dire. Finalement Mara prend la parole, comme si elle s'y sentait obligée, ce qui déplaît à Emma.

— Je me disais tout à l'heure que tu me ressembles, en fait.

— Comment ça ?

— Ta ride, là, quand tu es mécontente. J'ai la même.

— Mouais.

— Tu sais ce que j'ai toujours cru ? Que le caractère des gens finissait par se voir sur leur visage.

Emma regarde Mara avec plus d'intérêt. Celle-ci continue.

— On dit que la beauté intérieure ne se voit pas, mais je crois qu'avec l'âge, ce principe devient faux, que les gens avec un bon caractère finissent par devenir plus beaux que les autres. Les coins de la bouche des gens qui sourient tout le temps ont tendance à remonter, les yeux des rieurs sont marqués par de petites rides, là.

Mara touche le visage d'Emma, qui se laisse faire, alors qu'elle déteste ça, d'ordinaire. Elle ne comprend pas comment Mara peut leur trouver une ressemblance, elle qui est si fine, élégante, encore très belle malgré les années. Avec ses cheveux teints, elle semble avoir à peine la cinquantaine. Emma trouve que son propre visage est trop plein, trop bébé, avec des fossettes de petite fille et un nez rond.

—Et quand tu fronces trop les sourcils, ils finissent par se figer en position crispée, poursuit Mara.

Emma fronce les sourcils pour voir.

—Je ne suis pas sûre que ça marche.

—Il faudrait qu'on regarde des photos de gens pour étudier ça.

—Oui mais on ne les connaît pas, on ne saura pas s'ils sont vraiment comme leur visage !

Mara soupire.

—Tu n'es vraiment pas marrante comme petite-fille, tu sais ça ?

—Merci du compliment. Tu n'es pas super comme mamie non plus.

—Ne m'appelle pas…

— Mamie, oui, je sais. Mais comment alors ?

— Mara, c'est très bien !

— Tout le monde t'appelle comme ça. Normalement, les petits-enfants ont le droit de donner un nom particulier, un que personne d'autre n'utilise. Comme Mamouche.

— Ton autre grand-mère ? C'est ridicule, je trouve, pourquoi tu l'appelles comme ça ?

— Parce que papa le fait. C'est le verlan de chou. Ce n'est pas ridicule, c'est mignon.

— Tu m'agaces. Je préfère faire mon courrier que parler avec toi, c'est dire.

La vieille dame se lève pour attraper un sac bourré de lettres à ras bord et l'étale sur la table.

— Pourquoi ces gens t'écrivent ? Ce sont des fans ?

— Tu as entendu quand je t'ai dit que je ne voulais plus parler ?

— Comment c'est possible qu'une chanteuse d'opéra ait autant d'admirateurs ? fait Emma en brassant les dizaines de lettres sur la table. Je ne pensais pas…

— Ils m'écrivent parce que je suis la Dame des murs.

— Je ne comprends toujours pas.

— Mais que tu es pénible ! Tous ces gens-là, s'emporte Mara en désignant les lettres, ils vivent à côté d'un mur, ou dans une dictature et ils m'écrivent pour me parler de ça, à cause de ma chanson, celle que j'ai chantée devant le mur de Berlin.

— Ce ne serait pas surtout parce que tu t'es échappée d'une dictature ?

— Fiche-moi la paix et aide-moi à trier.

Emma a touché la corde sensible. Mara refuse de parler de la façon dont elle s'est échappée de Lettonie. Sa petite-fille décide de ne pas insister.

— Comment je trie ?

— Tu les ranges par date d'envoi. Je vais répondre aux plus récentes d'abord.

— C'est débile.

— Pourquoi ? Au contraire : les gens qui attendent depuis trois mois peuvent bien patienter une semaine de plus alors que ceux qui m'ont écrit récemment penseront que je réponds rapidement.

Emma lève les yeux au ciel et se demande si elle ressemble à sa mère en faisant ça. Elle n'a pas envie d'aider Mara, mais elle n'a rien de mieux à faire, étant punie d'ordi, de téléphone et de sorties. Elle a été prise à consulter son portable en cours la semaine avant les vacances, Héloïse a dû aller le récupérer chez le principal et depuis, sa mère ne le lui a pas rendu.

Alors elle trie. Une des lettres est très belle, avec une enveloppe vert d'eau et un timbre coloré. Comme toutes les autres, elle est adressée à la Dame des murs, le surnom que le monde de la musique a donné à Mara.

—Celle-là vient de Corée. Je peux l'ouvrir ?

—Oui, si tu veux, vas-y.

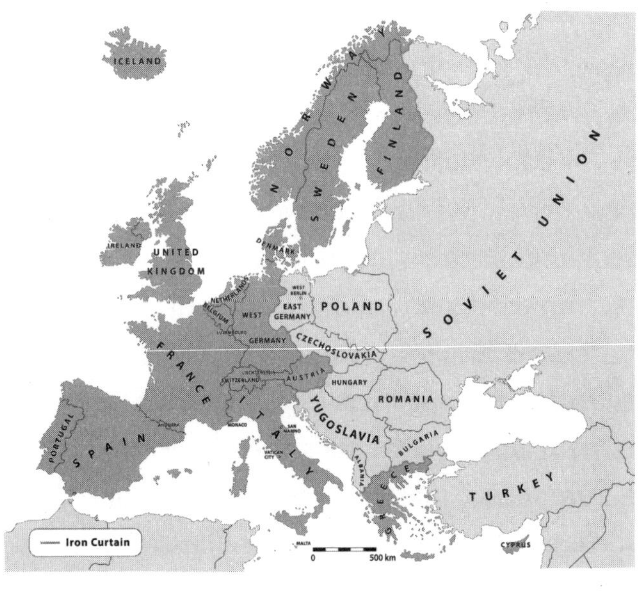

Bonjour madame,

J'ai beaucoup hésité avant de vous écrire car je ne veux pas déranger une grande dame telle que vous.

Pardon si cette lettre comporte des fautes de français. Je ne parle pas votre langue et j'ai fait traduire ma lettre par un ami.

Je ne suis jamais allé à Berlin comme vous. Si j'ai pris ma plume aujourd'hui, madame, c'est pour vous parler d'un autre mur qui, lui, est encore debout et bien solide.

J'ai quatre-vingts ans et je vais bientôt mourir. J'habite dans un petit village de montagne près de la ville de Sokcho, en république de Corée.

L'année de ma naissance, les Japonais occupaient mon pays, puis ils sont partis, j'étais trop petit pour m'en souvenir. Ensuite, mon village a été sous occupation soviétique car il était situé juste au nord du 38e parallèle. Madame, dans tous les pays qu'elle traverse, cette ligne est imaginaire. On peut marcher dessus et la franchir sans même le savoir. Mais dans mon pays de Corée, elle a coupé en deux les familles et les amitiés pendant des années, elle était comme la blessure d'un couteau tranchant.

La première fois que j'ai rencontré Myung Bak, c'était en pleine montagne. Je cherchais des pignons de pin. Nous étions très pauvres et ce que je rapportais de la montagne, lièvre, racines, pignons, était parfois tout ce que nous avions à manger, ma mère et moi. Mais au premier jour de l'été, je me suis foulé la cheville en glissant sur un caillou. Je serais peut-être mort de faim et de froid sans Myung Bak. La montagne est une amie très belle, mais elle peut aussi être cruelle.

Myung Bak ne me connaissait pas. C'était un enfant comme moi. Il m'a vu et il n'a rien dit. Mais il m'a soutenu tout le long du chemin jusqu'à mon village. Et quand j'ai voulu le remercier, il m'a juste dit : « Ce n'est pas moi que tu dois remercier, c'est la chance que nos routes se soient croisées. »

Pendant deux ans, nous avons été inséparables. Nous étions tous les deux des enfants sauvages qui aimions la forêt. Nous connaissions tous les chemins, toutes les rivières, tous les animaux qui vivaient là, et nous savions reconnaître les plantes comestibles de celles qui rendaient malades. Myung Bak ne parlait pas beaucoup, mais c'était un bon ami, fidèle, gentil, qui aidait toujours ceux qui en avaient besoin.

Myung Bak vivait dans un village de l'autre côté de la crête, avec ses deux grandes sœurs. Quand la guerre a éclaté, la montagne a été notre refuge. Nous nous sommes cachés dans des grottes avec nos familles. Nous avons mangé des racines, des poissons, des baies sauvages. Quand les bombes explosaient sur la côte, ou quand les avions à réaction passaient au-dessus de nos têtes, nous mettions nos mains sur nos oreilles et nous récitions une prière aux ancêtres. Myung Bak a soigné ma mère quand elle a été malade, avec des remèdes que sa grand-mère lui avait appris. C'était mon meilleur ami et je n'en ai jamais eu d'autre.

Mais à l'armistice, la frontière s'est décalée de quelques kilomètres. Désormais, mon village était dans le camp du Sud et le sien dans le camp du Nord. Alors je lui ai fait faire une promesse : chaque année, au premier jour de l'été, je ferais partir en l'air une lanterne chinoise avec une bougie dedans, qui monte dans la nuit et que l'on peut voir à des kilomètres. Et s'il voyait la mienne, il en renverrait une lui aussi. Juste pour se dire que tout allait bien.

Juste pour ne pas être complètement effacés l'un de l'autre.

Sur notre montagne, les soldats ont posé des barbelés et des miradors des deux côtés, ils ont creusé des tranchées et caché des mines. Ce lieu de nature qui avait été le nôtre n'était plus à personne. On ne peut plus passer, on ne peut plus se voir. On ne peut même plus se parler. En Corée du Nord, il est interdit de téléphoner, d'écrire ou de communiquer de quelque manière que ce soit avec un habitant du Sud. Si vous le faites, vous êtes arrêté, vous et votre famille êtes torturés.

Aujourd'hui, je suis marié, je mange à ma faim, j'habite dans une maison chauffée et mes enfants viennent souvent me voir. Je n'aurais pas dû me sentir malheureux.

Mais cela fait soixante-huit ans que je n'ai pas revu mon ami.

La première année, j'ai envoyé une lanterne chinoise et j'ai guetté anxieusement la sienne. Je l'ai vue apparaître peu avant minuit : un minuscule point lumineux dans le ciel. Mais dès le lendemain, des soldats sont venus dans mon village : ils avaient vu ma lanterne et ils croyaient que je faisais des signaux à l'ennemi. Chaque année depuis, j'ai envoyé une lanterne au premier jour de l'été en me cachant. Mais je n'ai jamais plus vu de réponse de sa part. Pendant toutes ces années, je me suis demandé si j'avais causé la mort de mon ami. J'étais rongé de remords.

Ce matin, j'ai reçu un courrier de Chine. C'est par la Chine que, parfois, une lettre peut passer. C'était une enveloppe toute simple, abîmée comme si elle avait longtemps voyagé. Ce n'était pas une lettre, c'était juste un dessin fait à l'encre de Chine : une lanterne chinoise au-dessus d'une montagne, tracée à la main. Et il n'y avait que quelques mots en caractères chinois : « Mon père vous dit adieu au-dessus de la montagne. »

Aujourd'hui, je sais que mon ami n'est plus de ce monde. Mais je suis de nouveau rempli de joie. Car, quelle qu'ait été la vie de Myung Bak, nous n'avons pas complètement été coupés l'un de l'autre. Jusqu'à sa mort, il est resté quelque chose de nous deux. Comme un signe tracé de part et d'autre du mur.

Cette lettre, je vous l'écris à vous car je ne peux plus l'écrire à lui. La paix soit sur vous, Dame des murs.

Deux semaines plus tôt
– Collège Marguerite-Duras – Cours d'histoire

Le prof déroule son cours avec entrain et énergie, il n'a pas l'attention de tous les élèves, mais la plupart suivent le cours car il est dynamique et motivé. Et aussi parce qu'il leur a dit que le sujet tomberait sans doute au brevet qui arrive à vitesse grand V. C'est dans dix jours.

—À la fin de la guerre, dans les parties d'Europe centrale et orientale libérées par l'armée rouge, l'URSS impose des gouvernements dominés par les communistes. Ces derniers s'emparent des postes clés et éliminent leurs partenaires non communistes, accusés d'être des « suppôts de l'impérialisme américain ».

Les élèves écoutent, surlignant les mots de leur polycopié que le prof appuie de sa voix grave.

—En Tchécoslovaquie, le « coup de Prague » illustre cette politique. Le chef du parti communiste, Klement Gottwald, organise dans les villes, les campagnes et les villages, des comités d'action révolutionnaire qui s'appuient sur des milices armées. Il fait pression sur le président de la République, Edvard Benès, pour qu'il se débarrasse de son gouvernement. Par petites touches, le pluralisme disparaît de la politique des pays d'Europe de l'Est, remplacé par le système du parti unique.

—Monsieur, c'est quoi, le pluralisme ?

—Qu'est-ce que tu reconnais comme mot, dans pluralisme ?

—Je sais pas, moi… plume ?

—Non…

—Pluriel ?

—Exactement : ça veut dit qu'il y a plusieurs partis, plusieurs opinions. C'est le principe de la démocratie.

La voisine d'Emma note ce que le prof vient de dire, alors celle-ci fait de même. Elles ne sont pas très copines, mais ça ne semble pas la déranger qu'elle mate son cahier de temps en temps.

—À l'image de la Tchécoslovaquie, entre 1947 et 1953, tous les pays d'Europe de l'Est deviennent des prétendues « démocraties populaires » sur le modèle de l'URSS stalinienne. En fait, c'est le parti communiste, parti unique, qui impose l'idéologie et mène la politique. L'économie est transformée, à l'image de l'économie soviétique, par la collectivisation forcée des terres, la nationalisation de l'industrie et du commerce, la priorité est donnée au développement de l'industrie lourde et, en agriculture, le parti fait le choix de la planification. Il faut être membre du parti communiste pour assumer des fonctions dirigeantes dans la vie économique, politique et culturelle.

Emma trouve qu'il va un peu vite, elle a du mal à assimiler tout ce qu'il dit. Mais elle n'ose pas poser de question.

—Les dirigeants communistes sont désignés par Staline et les opposants sont victimes de purges et de procès. Par exemple, il y a 30 000 familles d'opposants déportées en Lettonie en 1949.

Emma lève la tête. Le prof la regarde. Il a fait exprès de parler de la Lettonie.

— Ta grand-mère est lettone d'origine, non ?

Bien évidemment, les autres se tournent vers elle. Emma rougit malgré elle, et elle maudit cet héritage familial : dès qu'elle se sent mal à l'aise, elle a le visage qui prend feu et des plaques rouges sur le torse. Heureusement, elle porte un foulard, elle peut enfoncer son nez dans le tissu pour cacher son embarras. Sauf que le prof attend. Il connaît la réponse pourtant ! Tout le monde à Marguerite-Duras sait qu'elle est la petite-fille d'une célèbre cantatrice d'Europe de l'Est. La prof de musique l'a dit et répété dès qu'elle l'a appris, par la bouche d'Héloïse, à la réunion parents-profs de début d'année.

— Mmh mmh, finit par faire Emma.

— Elle t'a parlé un peu de son enfance là-bas ? Du rideau de fer et des privations ?

— Non…

— En quelle année a-t-elle fui la Lettonie ? Ça n'a pas dû être facile de traverser !

Emma se sent de plus en plus mal, le prof la harcèle de questions et elle n'a aucune réponse.

— Je ne la vois presque jamais, elle est toujours en tournée, elle ne m'a pas parlé de tout ça.

Le prof semble déçu.

— Je lui poserai la question si vous voulez, elle vient pendant les vacances.

— Ne l'embête pas trop avec ça. Si elle n'en a rien dit, c'est peut-être pour une bonne raison.

Il faudrait savoir, il veut des informations ou non ?

Le cours reprend, mais Emma est ailleurs. C'est vrai qu'elle ne sait rien. Rien du tout. Et pourtant, elle aimerait bien, surtout depuis que des crétins de sa classe la surnomment la Suédoise. Elle est très blonde, avec des yeux bleu pâle et une peau d'une blancheur maladive. Elle ne s'aime pas et elle ne comprend pas du tout comment elle peut être aussi blanche avec un père métis.

— Les mystères de la génétique, ma pauvre Lucette, lui dirait-il en riant. Une fois, j'ai vu un blaireau albinos. Pauvre bête !

Heureusement, Nina la rassure souvent. Elle est aussi brune qu'Emma est blonde. Et elle n'a rien à dire non plus sur ses grands-parents marocains puisqu'ils sont morts bien avant sa naissance. Des fois, pour rire, quand on leur demande si elles sont françaises, Nina dit qu'elle est lettone et Emma dit qu'elle est marocaine. Les gens ont un temps d'arrêt qui les amuse beaucoup.

Nina lui manque.

C'est pour ça, et parce qu'elle se sent mal à cause du prof d'histoire, qu'elle sort son portable et se fait toper. Et qu'elle doit donner son téléphone au prof qui a foncé sur elle comme un rapace. Et qu'elle est punie par sa mère. Juste avant les vacances d'été… Pfff.

2

Drôle d'idée

Les vignes couvrent les collines de Saint-Émilion comme des nappes striées. Tout est propre, au cordeau, il n'y a pas une herbe qui dépasse d'un millimètre, on se croirait presque dans Minecraft. Des caméras surveillent les chemins et les abords des précieux chais. Chaque grain de raisin vaut une fortune. Une fois, après la vendange, Emma en a ramassé quelques-uns, pour goûter, mais elle n'a pas trouvé ça bon. Pour l'instant, ce ne sont que des embryons de grappes, d'un vert tendre. Elle essaie de graver le paysage dans sa tête, faute de pouvoir prendre une photo, pour le dessiner, une fois qu'elle sera à la maison. Elle a son carnet de croquis sur elle, mais sa mère et Mara n'apprécieraient pas de l'attendre debout sur le chemin si elle leur demandait une pause dessin.

* * *

— On se croirait dans le Sud, fait remarquer Mara.

— Tu dis ça à cause des cigales ? demande Héloïse.

— Oui… et des couleurs.

Vert des vignes et brun de la terre, bleu d'azur et rouge sang des rosiers.

* * *

L'an passé, lors d'une visite avec le collège, Emma a appris que les rosiers n'étaient pas décoratifs : ils servent à prévenir les vignerons de la présence de l'oïdium, un champignon ravageur. Nina lui avait alors glissé à l'oreille :

— Ça ne m'étonne pas… le jour où un agriculteur fera un truc juste pour la beauté du geste, il pleuvra des grenouilles. Il faut toujours que ce soit utile.

Emma avait pouffé, par solidarité avec sa copine, même si elle n'était pas vraiment d'accord. Mais d'une, elle ne voulait pas peiner Nina, fille de viticulteurs et en guerre contre eux, et de deux, l'année dernière, elle n'était pas encore très courageuse quand il s'agissait d'exprimer ses opinions. Son amie lui a appris depuis, et elle lui a même transmis le flambeau d'« enquiquineuse de prof », quand elle a dû quitter le collège pour intégrer une MFR agricole. Décision paternelle bien sûr et grosse rupture pour Emma. Elle ne s'en remet pas, d'autant que Nina est vraiment triste dans son internat et le lui raconte à longueur de temps. Leur lien, forgé depuis la maternelle, est la seule relation vraiment solide qu'Emma ait réussi à construire pendant sa scolarité et son quotidien au collège a beaucoup perdu de sa saveur depuis que Nina n'en fait plus partie. Elle s'ennuie, elle rêvasse et se fait gronder.

Ça a fini par lui coûter son portable.

* * *

Mara apprécie la promenade. Elles avancent doucement sur un chemin à présent bordé de murs. Héloïse a proposé de faire une boucle pour lui faire découvrir les lieux. La mère et la fille, elles, l'ont déjà parcouru mille fois.

—Emma? Tu es avec nous?

—Mmh mmh.

Mara se demande pourquoi sa fille a toujours besoin de vérifier que la petite les écoute.

—Vous avez fait quoi aujourd'hui?

Et voilà qu'elle l'oblige à participer à la conversation en lui posant des questions qui, manifestement, l'enquiquinent. Est-ce qu'elle faisait de même quand Héloïse avait le même âge? Non, il ne lui semble pas. Son mari le faisait, oui, tout le temps.

—On a lu le courrier de mamie Mara.

La vieille dame fronce les sourcils: cette petite est vraiment agaçante.

—Et alors?

—Ben… je me demandais quand est-ce qu'on a commencé à t'appeler la Dame des murs?

demande-t-elle en se tournant vers sa grand-mère.

— Peu après que j'ai chanté devant le mur de Berlin, c'est un journaliste qui a commencé et tout le monde a repris le surnom très rapidement.

— C'était en quelle année ?

— 1972. Le mur avait onze ans.

— Le mur de Berlin ?

— Oui, bien sûr, quel autre mur ? lance Mara, sèchement.

— Il y en a plein.

— Pour les gens qui l'ont connu, il n'y en a qu'un qu'on appelle comme ça, rétorque Mara.

* * *

Emma se tait, un peu décontenancée par l'agressivité de sa grand-mère tandis qu'Héloïse jette un regard noir à sa mère. Elles marchent en silence après cela. La porte Brunet se profile, massive, majestueuse dans les lumières du soir. Les rues paisibles sur lesquelles elle ouvre sentent la glycine. Mara s'arrête près d'une fontaine, s'assied un peu en jouant avec le filet d'eau. Elle ne le dit pas, mais elle fatigue. Cela la terrifie. Elle vieillit vraiment. Un peu plus loin, Héloïse glisse à Emma, discrètement :

— Ta grand-mère n'aime pas parler de cette période.

— Pourquoi ?

— Je n'ai que des hypothèses et je ne suis pas certaine de ce que j'en pense. Je crois que c'est à toi de t'en faire une idée.

— Tu fais des mystères.

— C'est un sujet douloureux, on s'est beaucoup disputées à cause de ça, de… cette froideur dès qu'on parle du mur, de l'Est.

— J'aimerais bien qu'elle me raconte, pourtant. Au collège, le prof d'histoire a fait tout un truc sur la guerre froide et le rideau de fer et, à un moment, il s'est tourné vers moi et il m'a dit : « Tu dois bien connaître tout ça, avec ta grand-mère. » Je n'ai rien trouvé à dire, j'ai eu l'air d'une débile.

Héloïse fronce les sourcils, elle n'aime pas qu'Emma se déprécie.

— C'est toi qui lui as dit qui était ta grand-mère ?

— Non, tu penses ! Mais tout le monde le sait depuis le début de l'année, à cause de la nouvelle prof de musique, elle l'a dit à la classe après la réunion parents-profs. Pourquoi tu lui en as parlé?

— Je suis désolée de t'avoir mise mal à l'aise.

— C'est la honte, sérieux, chaque fois qu'on doit chanter, elle me fait remarquer que je chante juste, que ça doit être de famille. Quelle conne!

— De qui parles-tu avec autant de respect? demande Mara qui a fini par les rejoindre.

— De personne. On y va?

* * *

Mara jette un coup d'œil à Héloïse, attendant qu'elle fasse une remarque à sa fille sur son impolitesse, mais celle-ci ne dit rien. Décidément, elles ne sont pas le même genre de mère. Toutes les trois descendent les rues jusqu'à la voiture, assez lentement pour que la vieille dame ne glisse pas sur un pavé. Emma aurait bien aimé manger une glace, mais elle a aussi très envie de rentrer pour retrouver Nina sur Messenger. Et puis elle se rappelle qu'elle n'a pas le droit d'aller sur l'ordinateur sans autorisation et ce, « jusqu'à nouvel ordre ».

— Maman…, tente-t-elle. Je pourrai aller un

peu sur Internet, s'il te plaît ?

— Mmmh. Tu as fait tout ce que je t'avais demandé ce matin ?

— Oui et j'ai aidé Mara avec son courrier.

— Parfait. Je veux bien que tu continues, demain, elle a des tonnes de courrier en retard. Pour Internet, je te donne une demi-heure.

— Tu me rends mon portable ou…

— Non, tu iras sur l'ordinateur du salon. Je croyais avoir été claire : ton portable est confisqué jusqu'à fin juillet.

— Tu avais dit « jusqu'à nouvel ordre ».

— Eh bien ce sera un mois, voilà. Et si tu n'es pas contente, je peux rallonger jusqu'à fin août.

Emma baisse la tête, mécontente. Elle sait qu'il est inutile d'en rajouter. Le fait que sa mère ait dû venir le récupérer au collège sur son temps de travail l'a particulièrement énervée. D'où la punition.

* * *

Tandis que l'ado ricane sur l'ordi avec sa copine Nina, Héloïse et Mara préparent le repas.

— C'est l'anniversaire d'Emma dans deux jours, je pensais qu'on pourrait aller au resto avec ma belle-mère, ça te convient ?

— Oui.

— Qu'est-ce qu'il y a ? Ça ne te plaît pas ?

— Tu aurais pu me prévenir plus tôt ! Je n'ai pas de cadeau.

— Ce n'est quand même pas ma faute si tu n'es pas fichue de retenir la date de naissance de ton unique petite-fille.

Mara souffle, mécontente, et quitte la pièce pour aller fumer dans le jardin.

— Ferme la porte, lui crie Héloïse, je n'ai pas envie que ça pue la clope dans la maison !

La vieille dame tire la porte vitrée un peu violemment, ce qui lui vaut un second regard assassin de la part de sa fille.

Elle s'éloigne dans la petite allée vers le fond du jardin, sous le catalpa, où une table et des chaises en fer forgé, fraîchement repeintes de bleu, attendent une visiteuse. Mara est contrariée, elle n'a aucune envie de solliciter Héloïse pour qu'elle la conduise en ville pour chercher un cadeau, et de toute manière, que pourrait-elle trouver de bien dans ce bled ? Si elle l'avait su, elle serait allée chercher un parfum chez Diptyque, ou des macarons chez Ladurée. Un foulard Hermès ? Un truc classe en tout cas. Ici, il n'y a rien, sans doute. À la réflexion, elle ne sait même pas ce qui ferait plaisir à la petite. C'est toujours son secrétaire qui trouve les cadeaux pour Emma. Et puis… quinze ans, ce n'est pas rien, elle aimerait marquer le coup. Une idée lui vient soudain et elle sourit. Oui. Ça, ça va lui plaire, forcément !

Mara écrase son mégot dans une coupelle et regagne la maison, satisfaite.

* * *

Héloïse, la voyant arriver avec le sourire, ne peut s'empêcher de se demander ce qu'elle a encore bien pu trouver pour lui pourrir la vie. Et puis elle secoue la tête, en essayant de se raisonner. Sa mère n'est pas si affreuse.

Quand Mara lui expose son plan, Héloïse hésite, cependant. Merveilleuse idée ou idée délirante et irresponsable ?

Elle soupire.

3

Où tu veux !

— Emma ? Emma !

Héloïse pousse la porte, s'étonne de trouver la chambre dans le noir, encore, alors qu'il est presque 10 heures, et ouvre les rideaux en grand. La lumière vive de la fin juin inonde la pièce, débusquant la jeune fille dans son lit, grognant, tirant la couette à elle pour s'y cacher. Ses pieds dépassent, comme ceux d'un hamster trop grand pour son nid de coton.

— Bon anniversaire ma puce !

— Mmmh… merci.

— Allez, debout, j'ai pris ma journée pour toi, pas pour la passer en tête à tête avec ma cafetière.

Emma soupire.

— Tu ne vas pas bouder, quand même ?

— Je me réveille, maman, laisse-moi respirer.

— OK, dans un quart d'heure en bas, je t'attends pour savoir ce qu'on fait de cette journée de liberté.

* * *

Liberté… grand mot. Emma ne se sent absolument pas libre, ni de son temps, ni de son corps, ni de rien en fait. Son père n'est pas là, elle doit gérer sa mère et sa grand-mère, elle ne peut pas recevoir de coups de fil ni surfer sur les réseaux pour répondre aux messages de ceux qui lui souhaiteront son anniversaire. Et Nina lui manque. Elle se dit que sa mère est vraiment cruelle. Ça la met en rogne, elle grogne en se levant, elle grogne en se lavant, elle jure même, insultant ses chaussettes dépareillées et un tee-shirt sale alors qu'il était supposé être propre pour cette journée spéciale.

— Tu n'avais qu'à le mettre à laver, lui dit sa mère en passant la tête par la porte. Et arrête un peu de râler !

— Je voudrais mon portable, au moins pour aujourd'hui, s'il te plaît !

— Pour que tu passes la journée dessus alors que je suis là exprès pour toi ? Sûrement pas. Tu pourras aller sur l'ordi tout à l'heure si tu veux, et je te le laisserai une heure avant le dîner, si tu ne te montres pas trop pénible.

Emma grogne encore plus et ferme la porte, en retenant tout de même sa forte envie de la claquer, pour éviter l'incident diplomatique.

* * *

— Regarde, je t'ai fait des pancakes ! Et des œufs brouillés.

— Et il y a du bacon !

Emma n'en revient pas, sa mère lui a même pressé des oranges. La colère retombe comme un soufflé.

— Oh merci maman, excuse-moi d'avoir râlé !

— C'est pas grave, concède Héloïse quoiqu'elle ait été un peu vexée.

— Mara n'est pas là ?

— Non, elle dort encore. Et à vrai dire, tant mieux, ça nous évitera des commentaires sur le menu.

— Elle n'aime pas les petits déjeuners anglais ?

— Oh là là, pas du tout, elle déteste ça, même ! Quand ton grand-père en préparait, elle répétait sans arrêt que l'odeur de la viande lui donnait envie de vomir jusqu'à nous dégoûter de manger notre bacon.

— Papi avait l'air plus cool qu'elle.

— C'est un euphémisme.

— Un quoi ?

— Le contraire d'une hyperbole.

Devant l'air perdu de sa fille, Héloïse râle.

— Tu n'as pas appris ça en cours ? Quand même, c'est la base.

— En quelle matière ? En maths ou en français ?

— Tu te moques de moi ?

Et en effet, la jeune fille est hilare ; elle en cracherait presque sa bouchée de pancakes.

— Vilaine ! s'exclame Héloïse en riant.

— C'est quoi cette odeur abominable ? demande Mara qui entre dans la cuisine. Et pourquoi vous gloussez comme ça ? On dirait des dindes !

— Bonjour aussi, maman.

Mara regarde l'assiette d'Emma en serrant les lèvres.

— Cette odeur, ça me donne envie de…

— Stop ! Ne dis rien, je vais manger dans le salon !

— Je te suis.

— Super, merci de me laisser seule, vitupère Mara.

Mais la mère et la fille sont déjà parties, avec assiette et couverts, et elle doit se débattre toute seule avec la machine à café.

* * *

Après une rapide concertation, elles décident d'aller passer l'après-midi à Bordeaux ; toutes les trois déambulent dans les rues commerçantes pour faire quelques achats pour Emma, finalement assez contente de cette journée. Tandis que Mara observe les mixtures de Lush avec l'air pincé, Emma demande à sa mère :

— Papa m'a dit que je pouvais claquer 200 balles, c'est vrai ?

— Dépenser 200 euros ? Oui, c'est son cadeau.

— Il s'en veut de ne pas être là. Il m'avait promis de rentrer…

— Oui, mais… il y a cette maman glouton qui a eu son bébé, il veut observer le sevrage. Et puis… je pense que la présence de ta grand-mère n'arrange rien. Il préférerait passer la nuit dans une cage de putois que la semaine avec elle.

Héloïse rit, heureuse de sa blague. Les parents d'Emma forment un drôle de couple. Séparés sans l'être, ils ne vivent ensemble que quelques semaines dans l'année, pendant les vacances d'été, à Noël, entre deux des expéditions de recherche de son père. C'est un zoologiste très connu, spécialisé dans l'étude des mustélidés, c'est-à-dire les belettes, les martres, ce genre de bête. Il mène en ce moment une expérimentation sur les gloutons d'Amérique du Nord, d'abominables bestioles qu'on connaît là-bas sous le nom de wolverine. Emma a regardé des vidéos, et elle en a vu qui arrivaient à faire peur à des loups ! Du coup, elle a appelé son père, un peu paniquée, et ça l'a beaucoup amusé. Il prend toujours tout à la légère, ce qui énerve souvent Héloïse et parfois un peu Emma, aussi, elle doit bien l'avouer. N'empêche qu'il lui manque.

Elle compense en achetant une demi-douzaine de boules de bain.

* * *

— Tu lui avais donné l'heure ?

— Oui, elle ne va pas tarder, elle n'a que cinq minutes de retard, soupire Héloïse.

Le soir tombe, les trois femmes sont attablées sous la tonnelle de la guinguette de Libourne, il fait bon, le bruit de l'eau les enrobe.

— La voilà !

Mamouche, souriante, arrive en tenue décontractée, leggins, grand pull moutarde. Papouche ne pouvait pas venir, il est parti pour un stage de formation des pompiers volontaires, quelque part dans les Pyrénées.

— Je sors juste du yoga, désolée pour le retard ! Vous avez commandé ?

Mara la regarde avec cette sorte de dédain qu'elle réserve aux importuns. Emma s'en amuse, elle sait bien qu'elles ne peuvent pas se voir l'une et l'autre, mais Héloïse a l'air un peu tendue.

— Alors, Mara, cette convalescence ? demande Mamouche.

—Je m'ennuie, j'aime bien la province mais bon, deux ou trois jours m'auraient suffi, j'avoue. J'aimerais rentrer à Paris.

—Pas question, intervient Héloïse. Tu oublies que tu dois retourner chez l'orthodontiste ! Et tu as encore deux tonnes de courrier pour t'occuper.

Mara grogne puis se tait, plongeant son nez dans le menu. On dirait une enfant grondée. Emma se tourne vers son autre grand-mère.

—Hier, j'ai trouvé une très belle lettre d'un homme, un vieux monsieur qui vit en Corée, fait Emma. C'était très émouvant.

—C'est très bien que tu l'aides, commente Mamouche.

—Oui, j'adore, c'est incroyable tous ces fans !

Mara relève le nez :

—Oui, bon, on ouvre les cadeaux ?

—On n'attend pas le dessert ? demande Héloïse, faussement innocente.

—Non, s'exclament Emma, Mara et Mamouche d'une seule voix.

* * *

Emma a défait les paquets de Mamouche et de sa mère, elle est très heureuse : sa grand-mère lui a offert une belle somme d'argent avec lequel elle compte s'acheter un iPhone, sans doute d'occasion, mais quand même… enfin, quand elle aura de nouveau le droit d'y toucher ! Sa mère la rassure :

— Le temps de le recevoir, et si tu es sage d'ici là, ta punition sera levée.

Elle lui a offert des boucles d'oreilles délicates, une salopette comme elle le voulait et un livre qu'elle attendait depuis des mois, la suite de la *Trilogie de la poussière*, un roman de fantasy qu'elle a adoré. Elle sourit. Mara toussote. Elle n'a rien sorti de son sac.

— Mon cadeau à moi ne s'emballe pas.

— Qu'est-ce que c'est ? demande la jeune fille, curieuse.

Emma se demande ce que cette femme, qu'elle ne connaît quasiment pas, a bien pu lui trouver. Héloïse s'inquiète. Mamouche se dit que rien ne peut surpasser un iPhone et ricane intérieurement.

— Je t'offre un voyage.

— Quoi ? s'exclament Mamouche et Emma d'une seule voix.

— Un voyage de six jours où tu veux, c'est toi qui choisis. Mais tu dois te décider tout de suite. On part samedi pour Paris, dès qu'on m'aura retiré ces fichus points, et on prend l'avion lundi au plus tard, de manière à être là pour le début de mes répétitions à Paris, la semaine suivante. Tu réfléchis jusqu'à la fin du repas, tu me dis et je réserve en rentrant.

Emma n'en revient pas, elle ne s'attendait pas du tout à ça et elle a le cerveau qui turbine à toute vitesse. Où partir ? Six jours, ça ne permet pas d'aller trop loin, il ne s'agit pas de passer des heures dans l'avion si elle veut en profiter sur place.

— Corse, Grèce, Canaries ou Islande, Norvège… on ira où tu voudras.

Emma interroge sa mère du regard, interloquée. Elle a dit oui ?

— J'en ai parlé avec ton père, il est d'accord, répond-elle, comme si la caution de son mari expliquait tout.

Dans les faits, c'est lui qui l'a convaincue que ce n'était pas une si mauvaise idée.

— Mais j'ai quand même voix au chapitre quant à la destination.

— Ah non, proteste Mara. C'est elle qui choisit.

Héloïse inspire profondément pour répondre, mais sa mère enfonce le clou.

— Oh allez, ce n'est que six jours, tu ne vas pas la décevoir.

Héloïse ravale une remarque très grossière et soupire lourdement. Mamouche les observe comme si elle suivait un match de tennis. Ça ne l'étonne pas trop que son fils ait dit oui sans réserve, il doit même être enchanté de cette idée saugrenue, lui qui adore l'aventure. Pendant ce temps, Emma continue à cogiter. Le repas passe sans qu'elle ne dise un mot, laissant les adultes se parler, se fâcher, se réconcilier. Finalement, arrivées au dessert, Héloïse et Mara semblent réconciliées, même si Emma ne comprend pas trop ce qui les a fâchées puisqu'elles semblaient d'accord, au début. Elle s'en fiche et mange sa pêche Melba, très concentrée. Mara désigne son dessert avec la paille de son mojito.

— Tu sais que Nellie Melba était une grande chanteuse ? Une soprano australienne qui a inspiré ce dessert à Escoffier, un cuisinier français, explique Mara.

— Vous êtes soprano aussi, non ? demande Mamouche, histoire de faire la conversation.

— Oui, soprano colorature, comme Nellie Melba, se rengorge Mara.

Héloïse lève les yeux au ciel. Sa mère ne peut s'empêcher d'en rajouter, toujours.

— Alors, tu as décidé ? demande-t-elle à sa fille, curieuse.

— Oui. Je sais ce que je veux faire. Mais…

— Quoi ? Si c'est une question d'argent, pas de souci, j'en ai largement assez.

— Eh bien… je veux aller à Riga. En Lettonie.

Le silence qui suit son annonce est tel qu'Emma pense tout de suite à l'expression « Un ange passe ». Là, il y a toute une colonie de petits angelots façon Raphaël qui volettent au-dessus de la table. Mara a blêmi, Héloïse est statufiée et Mamouche semble ne plus respirer.

— Pou… pourquoi la Lettonie ?

— Parce que tu es lettone, non ? J'ai envie de voir le pays d'où tu viens. C'est aussi un peu mon pays et je n'y ai jamais mis les pieds.

Mara est livide.

— Tu ne préfères pas aller en Tunisie ou en Italie ? Tu as toujours rêvé de voir Rome ! Ou Venise ? demande Héloïse.

— Non… non, dit alors Mara d'une voix ferme. Elle ne changera pas d'avis. N'est-ce pas ?

Emma hoche la tête.

— Eh bien soit. Mais ne t'imagine pas que ça me fasse plaisir. Je pensais qu'on allait passer une bonne semaine toutes les deux, à la plage ou dans une belle capitale. Tu vas être bien déçue.

— Tu n'en sais rien, tu n'y es pas retournée depuis…

— Depuis 1968. Je sais.

4

« Le seul pays où je ne veux plus jamais mettre les pieds »

C'est le branle-bas de combat dans la maison. Les valises sont prêtes, celle d'Emma est bourrée à craquer du contenu entier de sa garde-robe : elle ne sait pas quel temps il va faire, c'est quand même tout au nord de l'Europe.

—On aurait bien pu prendre le train.

—Je préfère venir, comme ça, on passe d'abord par Bordeaux pour voir l'orthodontiste ensemble.

—Tu es la fille ou tu es la mère ?

—On se le demande…

Emma les regarde se chicaner en riant : elle est d'excellente humeur. Elles vont monter à

Paris passer la nuit de samedi chez Mara, afin qu'elle puisse compléter sa propre valise, avant de prendre leur vol à Charles-de-Gaulle, dimanche matin ! En attendant, elle trie encore le courrier de sa grand-mère. Elles en ont écumé une partie, peut-être un tiers... enfin, ça ne va pas très vite. Se détournant d'Héloïse qui en profite pour s'échapper dans sa chambre, Mara déclare que sa petite-fille aura pour tâche de tout finir d'ici à leur retour de Riga.

— Mais je croyais qu'on partait en vacances ?

— Moi aussi, jusqu'à ce que tu choisisses le pays le plus ennuyeux d'Europe... du monde, même !

— Tu m'as dit de choisir.

— J'aurais dû préciser « sauf dans le seul pays où je ne veux plus jamais mettre les pieds » ? Tu ne le sais pas, peut-être ?

— Non, je n'en sais rien, tu ne m'as jamais dit ça ! En fait, tu ne m'as pas raconté quoi que ce soit...

— Eh bien la Lettonie est un pays minuscule, il n'y a quasiment rien à y faire, à part éventuellement se baigner dans la Baltique, vu qu'en cette saison il n'y a strictement rien d'autre à faire. On va s'emmerder comme des rats morts alors tu auras bien le temps d'ouvrir et de répondre à tout ce courrier.

— Pfff, c'est une punition ?

— Pas du tout, c'est... un service que tu me rends.

— Et toi, tu vas continuer à ne répondre qu'à celles qui te plaisent le plus ?

Mara ignore Emma et va fumer dans le jardin. Elles ne se parlent pas beaucoup en présence d'Héloïse et la jeune fille se demande un peu ce que ça va donner de passer une semaine complète ensemble.

* * *

Emma a remarqué que Mara évite soigneusement de s'occuper des lettres provenant ou parlant des anciens pays de l'Est. Alors c'est elle qui se charge de ces courriers, en prenant soin de les faire relire à sa mère pour les fautes d'orthographe. Elle a droit à chaque fois à des remarques salées sur son « niveau déplorable »...

Ça la soûle, mais ça lui semble encore plus inconvenant de laisser penser que Mara, la grande cantatrice, la Dame des murs connue dans le monde entier pour son interprétation de la Reine de la nuit devant le mur de Berlin il y a plus de quarante ans, fait des fautes d'orthographe.

—Maman, tu peux me raconter quand Mara a chanté devant le mur ?

—Sérieux ? Tu crois que c'est le moment ? râle Héloïse.

—Oui, elle est sortie et je ne suis pas sûre que tu veuilles en parler devant elle.

Héloïse a un temps d'arrêt. Elle regarde par la fenêtre, comme pour vérifier que sa mère est bien dehors, prend une grande inspiration et interroge Emma :

—Pourquoi tu as demandé à aller en Lettonie ?

C'est à Emma de rester suspendue.

—Ben, pour découvrir notre culture ! Et comprendre l'histoire de la famille !

—Mais… tu n'es pas lettone. Mara a quitté son pays à dix-huit ans et elle ne t'a jamais transmis quoi que ce soit de cette culture.

— Justement, je suis curieuse. J'ai envie de savoir pourquoi elle est partie ! Comment c'est là-bas ? Tu as des grands-parents lettons, quand même, non ?

— Il suffit de me demander. Le père de Mara est mort avant sa naissance, d'après ce que m'en avait dit papi, et sa mère, je ne l'ai jamais connue, jamais vue, même en photo. Et ça ne m'a jamais dérangée. Quand j'étais petite, je pensais même que tout le monde était comme moi, avec un seul grand-père, une seule grand-mère.

— Les parents de papi ?

— Oui, ils m'ont aimée pour quatre…, dit Héloïse avec un léger tremblement de voix.

Sa mère a l'air très triste et Emma la comprend, alors elle lui fait un bisou, un peu brusque, mais qui fait sourire Héloïse. La jeune fille ne se rappelle pas ses arrière-grands-parents, mais elle a été très affectée par la mort de papi, il y a trois ans. Il lui parlait souvent de ses propres parents, des instituteurs mélomanes, si amoureux de la musique qu'ils avaient fait de leurs trois fils des musiciens. Papi, le chef d'orchestre, Jean-Claude, célèbre dans les années 70 pour son groupe de rock, et Michel, un virtuose de la guitare sèche. Ils avaient l'air merveilleusement doux et aimants, comme de bonnes brioches.

C'est aussi par papi qu'elle connaît quelques éléments de la vie de Mara, mais lui-même n'était guère bavard quant à son ex-femme. Ils étaient séparés depuis si longtemps… Héloïse avait onze ou douze ans quand Mara avait décidé que son père la garderait pendant qu'elle courrait le globe pour ses opéras.

Bref, drôle de famille.

— Eh bien moi, j'ai envie de comprendre et de savoir d'où je viens. C'est tout. En plus, il paraît que c'est un beau pays alors, au pire, j'aurais découvert un nouvel endroit et ce sera bien.

— Tu as quand même bien conscience que Mara n'a aucune envie de faire ce séjour ?

— Pourquoi elle a dit oui alors ?

— Parce qu'elle est fière comme Artaban.

Emma s'imagine Mara en tenue de mousquetaire, parce qu'elle confond Artaban et d'Artagnan.

— Et sans doute parce qu'elle culpabilise aussi.

— Pourquoi ?

— Elle ne s'est jamais occupée de toi, elle ne te connaît pas… elle s'en veut d'avoir raté le coche.

— Ça tombe bien alors, je ne suis pas rancunière, s'amuse Emma.

Héloïse soupire.

— C'est incroyable comme tu lui ressembles en tout cas, ce mélange de sérieux et d'insouciance, ça ne peut venir que d'elle. J'aimerais bien que tu ne sois pas trop dure avec elle, quand même. Elle est un peu pénible parfois, mais c'est une très gentille femme et elle a beaucoup souffert, ne l'oublie pas.

— C'est marrant.

— Quoi ?

— Vous vous chamaillez tout le temps, on ne la voit jamais, elle t'a quasiment abandonnée quand tu étais petite, mais… tu l'aimes quand même !

— Ton résumé est un peu rude, mais oui, je l'aime quand même. Et elle ne m'a pas abandonnée, elle a mené sa carrière, c'est vrai, mais elle revenait me voir entre chaque voyage.

—Quand même…

—Quoi ? Tu penses que ton père t'a laissée tomber ?

—Non ! Bien sûr que non !

—Ça te choque moins parce que c'est un homme, alors ?

—Peut-être oui…, concède Emma, reconnaissant, un peu honteuse, que c'est sexiste.

—Ce n'est pas ta faute, tu as été élevée ainsi, c'est moi qui suis restée à la maison avec toi et ton père qui mène sa vie avec ses loutres et ses…

—Abominables carcajous !

Héloïse éclate de rire, Emma aussi, ce qui a pour effet, quand Mara entre, de lui chiffonner le visage.

—Eh bien, vous rigolez bien sans moi.

—Allez, mamie, fais pas la tronche, dans quelques heures, on sera chez toi !

—Humpf.

Elle repart dans sa chambre, vexée.

—C'est vrai qu'on se ressemble un peu…, concède Emma.

Héloïse rigole.

—Tu ne m'as pas raconté pour le mur de Berlin.

—Non… attends, j'ai ce qu'il te faut.

La mère d'Emma sort de la cuisine et revient avec un gros cahier plein d'articles de presse.

—Tiens, tu n'as qu'à lire ça, répond Héloïse en le lui tendant. À la première page.

* * *

La Dame des murs

Un spectacle incroyable a eu lieu hier soir devant le mur de Berlin : la jeune cantatrice Mara Galanta, étoile montante de la scène internationale, invitée à la Deutsche Oper Berlin, a profité d'un soir de relâche pour aller chanter le célèbre air de la Reine de la nuit, extrait de *La Flûte enchantée* de Mozart, devant la porte de Brandebourg. Interrogée sur cet acte fort, la chanteuse d'origine lettone a dit vouloir faire entendre sa voix de l'autre côté du rideau de fer. Elle n'avait jamais été aussi proche de la frontière depuis son départ clandestin, il y a trois ans. Sa voix s'est élevée dans la nuit, puissante, subjuguant les passants, nombreux en cette nuit d'été, attirant une foule nombreuse. Les gens se demandaient les uns aux autres si le chant était perceptible de l'autre côté. Et soudain, comme pour leur répondre, une voix a résonné de l'autre côté du mur, en écho. Une femme, soprano elle aussi, a joint sa voix à celle de Mara Galanta, provoquant une émotion si vive dans le public que nombre de personnes se sont mises à pleurer. Immortalisé par une équipe de télévision de la ZDF, le spectacle fait ce matin le tour du monde. Surnommée la Dame du mur par le reporter de la ZDF, Mara Galanta s'est dite très émue par cette incroyable expérience. Personne ne sait encore qui est la chanteuse lui ayant répondu, mais tous s'accordent à dire qu'il devait s'agir d'une professionnelle aussi. Sans doute n'aurons-nous jamais la réponse.

* * *

— C'est fou ! On a su qui c'était ?

— Non, jamais.

— Même après la chute du mur ?

— Non. Mais je ne suis pas sûre qu'on ait continué à chercher. On avait autre chose à faire et c'était passé depuis si longtemps. Mara a chanté en 1972.

— Mais pourquoi on l'appelle la Dame *des murs* et pas *du mur*, comme dans l'article ?

— Ah, c'est venu plus tard : l'épisode a fait tant de bruit que ta grand-mère a commencé à recevoir des dizaines de lettres de par le monde, des gens qui vivaient eux aussi près du rideau de fer, ou près du mur de Corée, ou même d'autres murs, un peu partout dans le monde. Là où les gens étaient séparés, par des frontières, par des murs de prison, par des dictatures…

— Oui, elle m'a dit ça.

— Du coup, quand ça s'est su, la presse l'a rebaptisée la Dame des murs et ça ne s'est jamais arrêté.

— C'est énorme !

— Ça c'est sûr, conclut Héloïse en désignant le gros tas de courrier de Mara, avec ses timbres de toutes les couleurs.

5

Rue Halévy

Emma s'ennuie. Elle s'ennuyait déjà chez l'orthodontiste. Elle a essayé de parler un peu avec Jessica, l'assistante, mais celle-ci avait plein de choses à faire. Et là, elle n'en peut plus de ce voyage interminable, des bouchons et des paysages gris.

Pour sa part, Héloïse semble très satisfaite de rouler sous les nuages, d'imposer France Culture à tout le monde et de maîtriser les pauses.

Mara passe son temps au téléphone avec son imprésario, ses copines parisiennes, le régisseur de l'opéra Garnier. Elle entamera un nouveau spectacle au retour de Lettonie. Cela lui manque déjà, elle chante tous les jours, depuis son enfance, et cette interruption subie et subite lui pèse de plus en plus.

* * *

Héloïse a remis la radio, sur France Musique, cette fois. Maria Callas chante un morceau de Puccini et Mara a l'air ravi. Elle a posé ses pieds nus sur le tableau de bord. Ses ongles sont rouge vif. Elle fait des traces sur le pare-brise.

— Ça, c'est du grand art ! Rien à voir avec les chanteuses d'aujourd'hui.

— Pourquoi ? demande Emma.

— Bah, à l'époque, on travaillait vraiment. Un opéra, c'était six mois de répétition, matin et soir. Maintenant, on laisse les jeunes se lancer, comme ça, sans aucune conscience : ils ont de très jolies voix, ils ont des méthodes assez bonnes, mais ils n'ont pas les petits trucs… de sauter au-dessus du chant.

Emma imagine un chanteur sauter par-dessus une portée de notes.

— Comment ça « sauter au-dessus du chant » ?

— Ça veut dire interpréter vraiment la musique. Aujourd'hui, on ne fait que des notes. Il faut savoir jouer sur scène, parler bien, avec la voix et la musique, il faut la respecter. Les jeunes, ils ne prennent pas le temps pour ça aujourd'hui, ils veulent faire des notes aiguës, épater le bourgeois, mais c'est pas comme ça que ça marche la musique !

— Tu n'es pas un peu méprisante ? demande Héloïse.

— Non, ce n'est pas leur faute. On les jette sur scène comme ça, sans préparation, sans connaître bien l'opéra, et les trous, et les difficultés, et les fausses facilités pour savoir s'en garder. Quand on arrivait dans les grands théâtres, de mon temps, on avait les nerfs et aussi la base, l'expérience.

— La première fois, tu étais effrayée ? Est-ce que c'était une grande joie ?

— Oh non, je croyais que je savais tout, tu sais quand on est jeune, on croit qu'on nous doit tout. On croit que c'est le devoir de la vie de nous donner le maximum.

Mara se tait un court instant, comme si elle replongeait dans le passé.

—Non, je n'étais pas effrayée du tout, loin de là. Mais tu comprendras ça plus tard...

Emma, agacée par ce côté vieille râleuse, lui demande soudain :

—Tu n'as jamais pensé à prendre ta retraite ?

Mara, qui remuait ses ongles de pied vernis en mesure, se retourne d'un coup pour la regarder d'un air affolé.

—C'est à moi que tu parles ?

—Ben oui.

—Je n'ai aucune envie de te répondre, tu es insolente et malpolie. Laisse-moi tranquille.

Emma se renfonce dans son siège, boudeuse.

* * *

Héloïse attend le bon moment pour faire une remarque à sa fille, ennuyée à l'idée de la laisser une semaine complète seule avec Mara au vu de leurs difficultés de communication.

—Tu n'es pas très sympa avec ta grand-mère, fait-elle remarquer alors qu'elles attendent, près de la voiture, que celle-ci sorte des toilettes de la station-service.

— Tu dis ça pour ma question sur la retraite ?

— Oui.

— Je ne pensais pas la vexer.

— Je ne te crois pas, tu es gentille d'habitude.

— Elle est tellement agaçante, parfois…

— Je sais bien, mais j'aimerais être rassurée sur la façon dont va se dérouler votre séjour. Si tu te vexes à la moindre de ses piques, et réciproquement, ça va être compliqué.

Mara arrive et elles se taisent.

* * *

Le temps passe très lentement. Elles sont près d'Orléans. Mara est encore au téléphone et Emma se dit qu'elle pianoterait bien sur son iPhone d'occasion, elle aussi, mais sa mère ne le lui a pas donné. Elle l'aura en rentrant, à condition que Mara ne se soit pas plainte d'elle. Autant dire que c'est fichu si elle continue à lui faire des remarques désagréables… Sa mère a raison, elle devrait réfléchir avant de parler à cette femme qu'elle connaît si mal. Elle n'est pas comme Mamouche, prête à tout lui pardonner par amour. Elle ne sait même pas si Mara l'aime bien, au fond.

* * *

Emma se dit qu'elle a fait une erreur. Finalement, les plages de Tunisie, ça aurait été très bien aussi…

Pour se convaincre du contraire, elle feuillette le guide de voyage sur la Lettonie que Mamouche lui a offert avant de partir. Et elle fait une découverte qui lui semble incroyable, soudain. La Révolution chantante. Les Lettons, les Lituaniens et les Estoniens se sont libérés de la présence des Soviétiques en chantant. Ils ont fait une chaîne humaine de six cent cinquante-trois kilomètres entre leurs trois capitales ! Apparemment, le chant est une tradition majeure de la Lettonie. Emma comprend d'où vient la passion de Mara. Peut-être qu'elle en saura plus là-bas. Sa mère lui a dit qu'elle avait cessé de lui en parler après le divorce et ce dont elle se souvient n'avait pas beaucoup d'intérêt, parce qu'elle était trop petite pour poser des questions sur la vie à l'Est. Elle n'avait même pas vraiment conscience de ce que c'était que de vivre dans une nation soviétique. Plus tard, quand elle a été en âge de comprendre, Mara ne voulait plus en parler, c'était devenu un tabou. Et papi refusait de raconter à la place de Mara. Alors tout ce qu'Héloïse sait, elle l'a appris dans les livres ou dans les films. C'est pour ça qu'elle-même n'en a pratiquement jamais parlé à Emma.

* * *

Elles arrivent aux abords de Paris, ça bouchonne. Mara râle parce qu'elle aurait préféré prendre le train et Héloïse, stoïque, cherche un itinéraire bis sur le GPS de son téléphone. Finalement, elles arrivent au cœur de Paris, tournent pour dégotter une place de stationnement, trouvent miraculeusement dans la rue Halévy, juste en face de l'immeuble de la cantatrice. Elle s'est payé à prix d'or un appartement à deux minutes à pied de l'Opéra, au moment du divorce.

— Vous êtes sûres de ne pas vouloir dormir à l'hôtel ? demande Mara.

— Non, vraiment, ça ne sert à rien de faire des dépenses supplémentaires, répond Héloïse.

— C'est moi qui paie. Et vous seriez mieux que toutes les deux tassées sur mon clic-clac.

Héloïse hésite, elle a surtout peur que deux jours de plus avec sa mère, cette fois sur son territoire, ne soient deux jours de trop. Mais elle a aussi envie de dormir dans cet appartement qu'elle a toujours adoré, parce qu'il était rare pour elle d'y faire des séjours, parce qu'il lui rappelle de beaux souvenirs d'enfance, parce qu'il ne reste rien de cette époque depuis qu'elle a vendu la maison de son père, en banlieue.

— On va déjà essayer de le déplier et ensuite on verra, affirme-t-elle.

* * *

Emma aimerait bien, elle, tester un séjour dans un hôtel parisien, mais elle a aussi envie d'explorer l'appartement de sa grand-mère. L'escalier de pierre, l'ascenseur d'époque avec ses grilles en fer forgé et sa minuscule cabine qui les oblige à monter à pied, tandis que Mara leur fait signe par la vitre de la machine, l'odeur d'encaustique et le tapis rouge, épais, tenu par des rivets de laiton brillant, tout est très chic. La porte de Mara s'ouvre sur un couloir clair, au bois patiné par les ans, surchargé de meubles et de bibelots, de photos encadrées représentant la cantatrice sur les plus grandes scènes du monde. Elle les guide dans le salon où elles laissent tomber lourdement les bagages. Les plafonds hauts sont décorés de moulures en plâtre, les murs sont couverts de livres et un vieux canapé de cuir leur tend les bras.

—Le clic-clac est dans mon bureau.

La pièce est encombrée de tas de papiers.

—C'est le bazar, je ne m'en sors plus depuis que Stan m'a laissée tomber.

—C'était pas un Julio le dernier ?

—Non, Julio c'était celui d'avant… et il ne me manque pas du tout celui-là, il n'en fichait pas une. Par contre, Stan était parfait, je suis très déçue.

—C'est vrai que tu l'as viré ?

— Non, pas du tout.

— Pourquoi est-il parti ?

— Il a rejoint sa copine en Australie… regarde, il m'a envoyé une carte avec l'opéra de Sydney.

— Tu as chanté là-dedans ? demande Emma en observant la drôle de structure du bâtiment, comme des écailles énormes posées les unes sur les autres.

— Oui, mais il y a longtemps. J'aimerais bien y retourner, l'acoustique est incroyable.

Emma avise une autre photo, qu'elle connaît déjà.

— C'est toi devant le mur de Berlin !

— Oui…

— Tu me racontes ?

À ce moment-là, Héloïse leur crie un truc depuis la cuisine, à demi incompréhensible. Il est question d'une chose pourrie dans le frigo, apparemment. Emma se retourne vers sa grand-mère, attendant une réponse.

— Ta mère t'a déjà tout dit, non ? répond Mara.

— Pourquoi tu ne veux jamais parler des pays de l'Est avec moi ?

Mara prend une grande inspiration.

—Ce n'est pas toi le problème. C'est moi. Moi uniquement. Je suis désolée que tu aies une grand-mère aussi peu douée... Mais je suppose qu'on va avoir le temps de parler quand on sera seules toutes les deux, tu ne crois pas ?

—Mmmh mmh.

Soudain, Mara fait un geste incongru : elle caresse la joue d'Emma avec une telle douceur, tant de tendresse que l'adolescente en est saisie.

—Peut-être qu'on va vivre quelque chose de bien, finalement.

Héloïse passe la tête par la porte.

—Vous causez, vous causez et moi je me tape tout toute seule ! Il n'y a rien à manger, Mara, tout est vide ou périmé ; j'ai même trouvé du wasabi qui a expiré bien avant la naissance d'Emma !

—On s'en fiche, on va manger dehors. Tu ne crois quand même pas que je cuisine ?

En deux secondes, Mara est redevenue la grande cantatrice un peu snob. Mais Emma n'en a rien à faire, elle l'a bien entendue dire :

« Peut-être qu'on va vivre quelque chose de bien. » En tout cas, elle est sûre et certaine de vivre quelque chose d'assez rigolo et dépaysant !

6

Si c'est ça, être grand-mère

— Tu ne veux pas arrêter de tripoter tous ces boutons ?

— Attends, je n'ai pas encore essayé celui-ci, répond Emma en appuyant sur ce qui se révèle être la commande du store. Waouh ! En classe normale, on le lève à la main !

— Oui, bon, tu n'avais jamais pris la classe affaires ?

— Ben non. Tu sais, j'ai pris l'avion trois fois, toujours avec Easyjet, sauf la fois où on est allés à New York, mais c'était quand même un vol économique.

— Tu as aimé New York ?

— Oh oui ! C'était magique, j'avais l'impression de connaître tous les décors avec les films que j'ai vus, et depuis, quand j'en regarde un qui se passe là-bas, je reconnais, c'est super agréable.

— Qu'est-ce qui t'a le plus marquée ?

Emma réfléchit un peu, elle a aimé Central Park, le muséum et aussi l'Empire State Building et…

— Ellis Island.

— Ah bon ? s'étonne Mara. Ce n'est pas un endroit très amusant pourtant. J'avais eu peur dans ces couloirs carrelés, j'avais l'impression de voir tous ces pauvres immigrés…

— Oui, mais j'aime l'histoire et c'est un lieu dans lequel on sent le passé.

— C'est sûr… Tu veux devenir historienne ?

— Non. Peut-être. Je ne sais pas.

— Hum, tu as l'air très décidée, se moque Mara.

À ce moment-là, l'hôtesse arrive avec les plateaux et Emma perd tout intérêt pour leur conversation. Elle se passionne pour les petits pots, les mini-sels et les dosettes de sauce. Mara sourit, heureuse, soudain. Si c'est ça, être grand-mère, ça l'amuse bien.

* * *

À un moment, une femme se lève, s'approche et demande un autographe à Mara. Celle-ci se prête au jeu, aimablement, sur une petite carte qu'elle a sortie de son sac et qui semble faite tout exprès. La femme semble enchantée.

— Tu as toujours des cartes comme ça sur toi ?

— Oui, c'est pratique, ça évite d'écrire sur des bouts de papier que les gens ont au fond de leur sac…, répond Mara avec un petit air de dégoût.

— Tu es vraiment une star.

— Ça a l'air de t'étonner.

— Oui, un peu, pour moi, tu es surtout ma grand-mère. Je sais que tu es connue, mais je ne l'avais jamais vu… enfin, tu comprends ce que je veux dire ?

— Oui, très bien. J'ai du mal avec tout ça, je sais que j'ai du talent, mais tout ça autour, le côté star, c'est du vent, des paillettes, ça n'a rien à voir avec mon vrai métier. Mais tous ces gens, ils sont gentils, je ne peux pas leur dire non, même si je trouve ça idiot. Ce n'est pas parce que je chante bien que ma signature sur un bout de carton a un quelconque intérêt. Des fois, je me dis que ces personnes veulent juste prolonger un peu ce qu'ils ont ressenti en écoutant ma voix. Ou alors c'est pour frimer auprès de leurs proches : l'autographe fait office de preuve, ils m'ont rencontrée, ils en gardent une trace.

— Tu n'aimes pas beaucoup les gens, j'ai l'impression.

— Je n'ai pas beaucoup d'illusion, non, après soixante-dix ans, on ne se fait plus beaucoup d'idées sur l'être humain… et puis, je suis habituée à rester seule, tu sais, pour la musique…

— Pour t'entraîner à chanter ?

— Oui, mais aussi beaucoup pour écouter la musique. Quand j'ai un nouvel opéra, je l'écoute et je le réécoute et… je ne sais pas comment expliquer, je passe l'opéra dans ma tête, je travaille des détails, des phrases, au bout d'un moment, je le vois, je le sens. Avant de commencer les grandes répétitions, je sais déjà ce que je veux faire, c'est créé dans ma tête. Et après, sur scène, c'est magique, c'est un peu comme avoir des ailes. Des fois, je suis dans un état second, je ne m'appartiens plus à moi-même, je me sens énorme, comme gonflée par la musique quand je chante bien, mais si j'ai raté une note, je me sens très petite, tellement que je veux m'enfuir parce que j'ai honte de ce que j'ai fait. Quand ça arrive, je préfère être seule après ça. Pas supporter les admirateurs hypocrites.

Emma est subjuguée. Mara s'en aperçoit et semble gênée soudain. Elle se justifie.

— Je ne veux pas paraître snob, tu sais, la solitude, ce n'est pas vraiment par choix. Si tu t'exposes trop, les journalistes te font dire des choses que tu n'as pas dites, ou te prennent en photo quand tu ne le souhaites pas. Je ne peux pas faire ce que je veux quand je veux… aller dans la rue, prendre simplement une glace dans la rue et la manger comme ça, devant tout le monde. Tu ne te rends pas compte, mais si je fais ça, et qu'on me voie, on me traitera d'excentrique. Les gens, ils ne comprennent pas que je laisse ma carrière sur scène et que je vive normalement en dehors. Je reste beaucoup chez moi, du coup, même si à Paris, je ne me sens pas écrasée par ça, il y a moins de star system, on ne vient pas tout le temps devant ta porte te regarder comme une bête bizarre. Dans d'autres pays, je me sentais en prison chez moi car on me regardait tout le temps, même quand j'allais simplement faire une course.

Emma hoche la tête, elle découvre sa grand-mère et ça la fascine, mais son regard semble déranger Mara.

— Tu veux mon dessert ? dit-elle pour changer de sujet.

— Tu es au régime ?

— Hélas oui, car nous, les chanteurs, nous sommes très liés à l'appareil digestif, et alors, c'est-à-dire, si on est énervé, la digestion ne se fait pas bien et on ne peut pas bien chanter, on ne peut pas bien diriger la voix…

Zut, voilà qu'elle recommence à faire la vieille conne. Elle se tait et ferme les yeux. Elle ne s'aime pas dans ce rôle, mais elle ne sait pas trop comment lui parler, à cette petite.

* * *

Après avoir fini le plateau de Mara, et comme celle-ci ne semble plus vouloir discuter, Emma s'absorbe dans la carte des films, mais il y en a tant qu'elle n'arrive pas à se décider. Elle zappe, regarde le début de l'un, de l'autre. Sa grand-mère pique un roupillon, enfoncée dans les sièges ultra moelleux de la classe affaires. Emma n'a pas envie de faire la sieste, elle grave chaque moment dans sa mémoire pour les raconter à Nina. Elle réfléchit : il y a le wifi dans l'avion, Mara dort… Elle peut lui emprunter son téléphone pour se connecter à Messenger, après tout, ça ne lui coûte rien à sa grand-mère… Ni une ni deux, elle récupère l'iPhone et fait des photos qu'elle envoie à Nina. Celle-ci répond rapidement, qu'elle a bien de la chance, qu'elle s'ennuie. Elle semble un peu jalouse.

Tu me manques, Emmacopine

Toi aussi, BFForever.

♥

Je t'aime

Emma a un temps d'arrêt. Nina ne lui a jamais dit un truc pareil. Elle l'aime. Comment elle l'aime ? D'amour ou d'amitié ? Elle n'ose pas demander alors elle se déconnecte et éteint le téléphone de Mara. Ces mots ouvrent un gouffre sous ses pieds. Elle s'imagine avec une énorme crevasse qui se creuse soudain sous elle, mais elle est dans un avion alors ça ne marche pas bien, cette image. D'ailleurs, est-ce qu'un trou d'air est vraiment un trou ? Elle demanderait bien à l'hôtesse de l'air, mais elle a peur de réveiller sa grand-mère. Elle repose le téléphone à sa place et met ses questions de côté ; savoir ce qu'est un trou d'air, savoir ce que ressent Nina pour elle et surtout… ce qu'elle ressent pour Nina.

* * *

— J'ai réservé dans l'hôtel le plus luxueux de Riga, l'*Europa Royal*, tu m'en diras des nouvelles ! C'était un lieu de rassemblement pour les intellectuels. Il date du XIXe.

— Tu sais, une simple chambre, ça m'irait aussi.

— Pfff, fais pas ta sucrée, on dirait ta mère : on sera très bien avec des suites, tu pourras courir dans ta chambre et on aura des baignoires.

— On ne dort pas dans la même chambre ?

— Non… Tu aurais aimé ?

— Je ne sais pas.

Emma met fin à la discussion en se levant pour aller aux toilettes. Mara est étonnée, elle se rappelle soudain qu'à quatorze ans, on n'a pas forcément envie de dormir toute seule dans un lieu inconnu. Elle ne se souvient pas bien de ce que c'est d'avoir quatorze ans, c'est loin, et surtout, elle a mis un voile sur ces années-là. Et en se rapprochant de Riga avec cette jeune fille qui lui est à la fois inconnue et si familière, elle voit ce passé lui revenir, brusquement, une bourrasque. C'est violent et elle n'aime pas ça.

Elle ferme les yeux.

* * *

Emma revient des toilettes, elle trouve Mara qui semble dormir, le visage détendu. Elle la trouve belle et touchante, ses traits fins, ses cheveux encore épais, bouclés, teints bien sûr et sa peau de blonde du Nord. La jeune fille s'assoit, la regardant toujours, elle est émue, pose sa main sur la sienne.

Et soudain, elle est aspirée, ou plutôt dispersée et projetée en mille gouttelettes.

Elle ne sent plus vraiment son corps, il se passe quelque chose de fou, quelque chose d'énorme qu'elle n'arrive pas à nommer.

Et là, elle comprend comme une évidence ce qui vient d'arriver.

Elle est dans la tête de Mara.

Elle est dans son souvenir.

* * *

J'ai quatorze ans aujourd'hui et j'ai l'impression que cela n'a pas changé grand-chose si ce n'est que Diana me demande sans cesse si je me sens différente... Sur le chemin de l'école, au déjeuner, sur le retour et puis dans le jardin, dans la cuisine. Elle a deux mois de moins que moi et elle fonde beaucoup d'espoir sur ses quatorze ans, car elle va avoir le droit de porter des robes longues après avoir été condamnée aux jupes et collants depuis des années.

Le soleil fait danser la poussière dans le salon, tandis que j'essaie d'y ramener un peu d'ordre, de donner l'impression que tout n'est pas vieux, abîmé et poussiéreux. À l'étage, qui nous appartient de nouveau depuis que la famille Petrov est partie, chassée par la méchanceté de ma mère, c'est encore plus vieux. Les peintures sont écaillées, les murs abîmés. J'ai ouvert les fenêtres en grand pour que l'odeur de renfermé s'échappe, qu'elle emporte avec elle les regrets et les ressassements, j'ai secoué les rideaux, chassé les araignées, remis droites les natures mortes encadrées. Natures mortes et desséchées que je déteste. Elle arrive par-derrière, comme un serpent.

—Ce sont celles de ton frère.

—Elles sont poussiéreuses.

—Mara, tu es mauvaise. Tu le sais ça, que tu es mauvaise ?

Je hoche la tête, histoire de ne pas la contredire, j'ai décidé que cette journée serait belle.

— Elle arrive à quelle heure ? demande ma mère.

— Dix-sept heures, comme tu l'as dit.

— Elle est ponctuelle en général ?

— Comme si tu ne le savais pas.

— Eh bien, non, je n'en sais rien, tu ne la ramènes jamais ici alors que tu es toujours fourrée là-bas, chez eux, fait-elle avec un grand geste pour désigner la maison des voisins.

Les Galanta. Les parents de Diana, les frères, les sœurs de Diana, Mamiliana, la grand-mère de Diana. Le chat de Diana, ses deux chiens et la tortue mauresque. Ma vraie maison, ma vraie famille, celle que j'ai choisie. Ah ! Si j'avais pu naître à côté au lieu d'ici, dans cette demeure de fantômes et de souvenirs qui puent !

— Je dois aller aérer ma chambre.

— Et celle de Diana ?

— Elle dort dans la mienne.

— Tu ne vas pas la faire coucher par terre, quand même !

— Non, c'est moi qui serai sur la chauffeuse. Je proposerai à Diana de prendre mon lit.

— Mais enfin, on a quatre chambres depuis que j'ai réussi à virer ces idiots de Russes puants, s'indigne ma mère.

Elle a un tel mépris quand elle parle des Russes. Que ce soit les Petrov, les Soukarov ou ceux qui ont précédé, elle les embête jusqu'à ce qu'ils demandent à être relogés ailleurs. Entre deux familles, elle réinvestit l'étage en soupirant sur la prétendue saleté des occupants. À Riga, une grande maison comme ça pour deux personnes, c'est interdit. Mais ma mère ne le voit pas de cet œil.

— Diana peut bien dormir dans la chambre de Janis ou de Pauls.

— Mais non, pourquoi ? On dort ensemble quand je vais chez elle, pourquoi ce serait différent ici ?

— Parce qu'on a de la place, contrairement à eux, voilà tout.

— Mais ça fait peur de dormir seule dans un lieu inconnu, je n'ai pas envie qu'elle ait peur !

— Quelle chochotte ! Tu la mets chez Pauls et voilà, fin de la discussion. Si ça ne te plaît pas, j'annule l'invitation.

— Mais… c'est toi qui as dit que tu voulais que Diana dorme ici pour une fois, que ce ne soit pas toujours moi… Que c'était mon cadeau d'anniversaire… et là, tu…

— Ne m'énerve pas, Mara, je te préviens !

Elle lève la main, la gifle va partir et… « clac ». Je ressens une douleur cuisante dans la joue.

— Oui, maman. Pardon, maman.

* * *

Emma retire sa main brusquement. Sa mère ? Ce monstre de méchanceté, c'est la mère de Mara ? Et pourquoi les voisins ont-ils le même nom que Mara ?

Celle-ci ouvre les yeux, un peu perdue.

— Qu'est-ce qui s'est passé ? Je… j'ai eu l'impression que tu étais avec moi, dans ma tête !

— Oui. Moi aussi.

— Mais…

— C'est qui, Diana ?

7

Dans le noir du grenier

Emma est frustrée. Mara semble tellement bouleversée par cette étrange expérience qu'elle refuse d'en parler. Pourtant... elle ne peut pas faire semblant de rien, c'est quand même vraiment bizarre et surtout, c'est supposé être totalement impossible. Son père lui a longuement expliqué que la télépathie était un pur fantasme, qu'il n'y avait aucune réalité là-dedans.

Mais elle n'a pas rêvé, tout de même!

—Non.

Mara est intransigeante.

Le vol touche à sa fin, elles arrivent à Riga. À la sortie de l'avion, Mara a revêtu sa tenue de cantatrice célèbre, avec ses lunettes de soleil et son chapeau chic alors qu'il n'y a pas vraiment de soleil. Cela n'empêche pas une femme à la tenue voyante, la cinquantaine, de s'approcher d'elles avec une curiosité évidente. Elle regarde la vieille dame avec attention et se lance :

— Bonjour, excusez-moi de vous déranger, êtes-vous Mara Galanta ?

Elle parle en français, avec des intonations étranges, dont Emma se dit qu'il s'agit sans doute de l'accent letton. Mara, gênée, ne répond pas et la dame poursuit assez rapidement.

— Je suis tellement émue de vous voir ! Surtout ici ! Je suis une grande admiratrice.

Cela semble dégeler un peu la cantatrice qui sourit.

— Merci.

— C'est la première fois que vous revenez ! C'est incroyable ! Vous venez pour chanter ?

De nouveau, Mara se ferme et Emma finit par réagir.

— Nous sommes là pour des raisons personnelles, pourriez-vous nous laisser, s'il vous plaît ?

La dame semble soudain gênée. Elle rougit.

— Oui, pardon, excusez-moi, je vous laisse.

— Mme Galanta peut vous signer un autographe si vous le souhaitez.

— Oui, oui, merci.

Mara signe sur une de ses cartes qu'elle sort de son sac à main et l'importune finit par s'en aller. Emma soupire de soulagement, mais elle craint tout de même la réaction de sa grand-mère. A-t-elle bien fait de proposer un autographe ?

— Merci, tu es très efficace comme secrétaire, dit Mara d'une voix tranquille. Je t'embauche.

Emma est éberluée et Mara éclate de rire.

— Allez, on y va. Je pense qu'un bon bain nous fera le plus grand bien avant d'aller dîner.

* * *

Le trajet en taxi est rapide, le chauffeur porte leurs bagages, Emma a l'impression d'être une princesse. Elle a un peu honte de son sac

Décathlon qui n'a pas la prestance des valises Vuitton de sa grand-mère. Mais elle oublie tout en arrivant dans le hall de l'*Europa Royal*. L'hôtel est incroyable ! Immense, avec des couloirs larges comme des halls, des escaliers majestueux, des tapis moelleux aux motifs anciens et partout, des fauteuils, des canapés couverts de coussins avec de petites tables portant des lampes de chevet qui créent une ambiance cosy.

— C'est dingue ! La moquette est tellement épaisse qu'on pourrait dormir dessus !

— Je préférerais que tu dormes dans ton lit, Emma.

Les chambres communiquent par une sorte de petit salon chic que la jeune fille s'est empressée de traverser pour retrouver sa grand-mère.

— Tu avais raison, je peux courir dans ma chambre !

— Eh bien vas-y donc, je veux prendre un bain tranquillement. On se retrouve à 19 h 30 dans le hall pour aller dîner ?

Emma consulte sa montre, il est 18 heures, ça lui laisse un bon bout de temps pour explorer les lieux.

— Tu ne sors pas de l'hôtel, d'accord ?

La jeune fille hoche la tête, ça ne lui serait pas venu à l'esprit de sortir toute seule dans un pays inconnu dont elle ne connaît pas la langue. Et elle a bien assez à faire avec ce palace ! Par les grandes baies de sa chambre elle regarde d'abord le parc qui s'étend devant elle, ainsi que les deux grandes avenues qui le bordent. Tout semble être un peu comme en France, des gens, des voitures, des bruits citadins… Elle ira voir tout ça demain.

* * *

Quand elle revient à sa chambre, une heure plus tard, elle a fait tous les étages, tous les couloirs, tous les salons et il y en a un paquet ! Elle est ravie, sauf que la porte de sa chambre ne s'ouvre pas. Elle secoue la poignée puis se rend compte de sa bévue : elle a oublié la carte à l'intérieur. Un peu anxieuse, elle va frapper chez Mara, qui ne répond pas. En collant sa tête contre le bois de la porte, Emma entend de l'eau qui clapote. Sa grand-mère doit encore être dans son bain. La jeune fille se laisse couler contre le battant, un peu dépitée. Elle n'a rien à faire, elle doit attendre. Saisie d'un coup de blues, soudain, elle aimerait appeler Héloïse, mais sans portable, elle est à la merci de Mara qui dit avoir envoyé un SMS à leur descente de l'avion. Peut-être qu'elle ne l'a même pas fait. Elle est si changeante, si lunatique. Pourquoi n'a-t-elle pas voulu parler de l'expérience bizarre qu'elles ont vécue dans l'avion ? Emma est encore bouleversée par ce truc étrange, ce souvenir partagé, par la réaction de Mara et par la peur glaçante qu'elle a ressentie au contact de cette arrière-grand-mère si méchante. Et c'est la première fois qu'elle part sans sa mère aussi loin. Elle a un sanglot qui remonte du ventre et se coince dans sa gorge. Et puis elle pense à son père, qu'elle n'a pas vu depuis deux mois, et là, ça déborde.

* * *

Quand Mara ouvre, étonnée par les petits bruits qui viennent du couloir, Emma s'écroule sur le dos dans l'entrée de la chambre. Elle était assise contre la porte. Elle a le visage inondé de larmes. Elle pleure à gros bouillons.

— Mais… qu'est-ce qui t'arrive ma chérie ?

Mara s'agenouille, prend la petite dans ses bras et celle-ci vient fourrer son nez dans son épaule pour pleurer tout son soûl.

— Mais alors, qu'est-ce qu'il y a ?

— Je… j'ai oublié ma carte dans ma chambre et… j'ai… j'ai eu peur et… je voudrais parler à maman…

— Là, là, tout va bien mon petit chat, ce n'est pas grave, viens, on va s'asseoir, tu vas bien respirer et après on appellera maman, ne t'en fais pas.

Mara est émue, très touchée par la détresse d'Emma. Elle se demande soudain depuis combien de temps elle n'avait pas réconforté une enfant et prend conscience que cela date de l'adolescence d'Héloïse. Elle se le rappelle bien : elle avait raté un examen, un oral, à cause d'un prof sexiste qui lui avait fait des remarques sur sa tenue parce qu'elle portait un tee-shirt un peu décolleté et elle était venue directement chez elle pour pleurer et manger de la glace avec sa mère. Mara se rappelle avoir été rassurée de pouvoir, encore, consoler sa fille, qu'elle avait laissée depuis tant d'années à la garde d'Armand. Et là, de nouveau, elle se sent pleine d'un sentiment précieux. Elle est une grand-mère.

* * *

— Ah ben dis donc, les chagrins, ça te donne faim, s'exclame Mara en observant Emma dévorer ses *knapas*, sorte de tapas à la mode lettone.

— C'est que c'est drôlement bon !

Le restaurant où Mara les a emmenées est tout aussi chic et clinquant que l'hôtel. Est-ce que toute la Lettonie aime le bling-bling ? En tout cas, c'est très bon. Emma se régale et elle mange aussi pour essayer de cacher sa gêne, elle s'en veut de s'être laissée aller tout à l'heure.

— Ça t'a fait du bien de parler à ta mère ?

Emma baisse le nez, Mara en rajoute.

— Oui.

— Quoi ? Tu n'as pas à t'en vouloir pour tout à l'heure ! Si tu savais le nombre de fois où j'ai oublié ma carte dans ma chambre…

— Hmm.

— C'est parce que tu as pleuré.

— Oui ! J'ai l'impression d'être un bébé !

— Mais pas du tout. Tu exprimes tes émotions, c'est très important. Moi, quand j'étais petite, je bloquais tout et quand j'ai commencé à chanter, il a fallu que je travaille énormément sur moi pour apprendre à relâcher, à sortir ce que j'avais dans le cœur.

— Comment tu as fait ?

— J'ai chanté dans le noir. Je m'enfermais au grenier et je chantais, je pleurais, je braillais comme un veau à la fin, ça devait être affreux à entendre.

Emma hésite un peu puis se lance :

— Ta mère, elle ne disait rien ?

— Elle n'était pas là, tu penses ! Je faisais ça quand elle partait, répond Mara, songeuse.

— Elle avait l'air affreuse.

Mara sursaute, comme si elle sortait de son souvenir brusquement.

— Comment tu… ? C'est tout à l'heure, dans l'avion, tu as vraiment vu ce que je voyais alors ?

— Oui. Comme si j'étais, avec toi, dans ta tête !

— C'est fou, ça.

— Tu veux réessayer ? demande Emma, prise d'une inspiration. Si on recommence, on verra si on n'a pas rêvé !

La vieille dame regarde sa petite-fille avec une expression horrifiée.

— Non ! s'étrangle-t-elle. Je n'ai absolument aucune envie que tu reviennes dans ma tête ! Et vu l'effet que ça t'a fait, je n'ai pas envie que tu revives ça non plus. C'est affreux et… comment serait-ce possible de toute façon ?

— En se touchant.

— Je t'ai serrée contre moi tout à l'heure et ça n'a rien fait.

Emma a une impression bizarre. Comme si Mara ne lui disait pas tout, mais elle hoche la tête, parce qu'elle a raison : elles se sont touchées de nombreuses fois sans que cela ne leur fasse rien. Elle tente quand même d'insister :

— Et si tu essayais de te souvenir de quelque chose et que je te prenais la main à ce moment-là ?

— Non, non, pas question. Allez, commandons nos desserts et rentrons, il se fait tard.

Mara écourte la conversation, c'est évident. Emma ne dit rien, mais elle ne se sent pas du tout fatiguée. Avec l'heure de décalage, elle va avoir du mal à s'endormir.

* * *

—*Mrs Galanta*? *Someone left a message for you*[1].

Le réceptionniste lui tend un papier plié. Mara le lit, pâlit, le froisse dans sa main.

—Qu'est-ce qu'il y a? Ça ne va pas?

—Non. La grosse dame de tout à l'heure.

—Celle de l'aéroport? Elle n'était pas si grosse...

—Elle a appelé la presse, cette guenon.

—Mara, tu n'es pas très sympa!

—Tu ne comprends pas? On ne va plus avoir la paix, maintenant. Ah, mais pourquoi ai-je accepté de venir ici?

Emma se renfrogne, blessée, mais Mara ne s'en aperçoit pas. Elles vont chacune dans leur

1. Quelqu'un a laissé un message pour vous.

chambre sans même se souhaiter une bonne nuit et la jeune fille se demande de nouveau quelle mauvaise idée lui est passée par la tête quand elle a demandé de venir en Lettonie. Elle se sent mal à l'aise et décide de sortir quelques lettres de Mara pour lire avant de dormir. Finalement, elle s'endort au milieu des feuilles éparpillées, avec sous les paupières l'image de Mara, chantant et pleurant dans le noir de son grenier.

8

Tu ne me crois pas ?

— C'est quoi, ça ?

— Du poisson fumé.

— Et ça ?

— Des crêpes apparemment.

— Tu ne connais pas ?

— Je ne suis pas guide gastronomique, Emma, tu n'as qu'à goûter…

Mara soupire. Elle sait bien ce que sont ces crêpes, oui, mais elle n'en a pas mangé depuis si longtemps qu'elle en a oublié le goût et ça l'énerve de le reconnaître. Elle se rappelle juste qu'elles sont fourrées au fromage. Elle observe sa petite-fille goûter à tout, et ce n'est pas un mince challenge au vu du buffet de petit déjeuner de l'hôtel. Il est gargantuesque.

— Tu sais qu'on va manger aussi ce midi, non ?

— Oui, pourquoi ? demande la petite, la bouche pleine, avec un air d'innocence qui fait rire Mara.

— On ira au marché tout à l'heure, tu verras, c'est immense et il y a de tout. Je crois me rappeler que c'est un des plus grands d'Europe. Il a été fait avec d'anciens hangars à dirigeables.

— Waouh, ça doit être impressionnant. J'ai hâte de voir ça. Tu y allais souvent ?

— Non, j'habitais un peu loin et… il y avait moins de choses à l'époque.

— Tu habitais où ?

Mara ne répond pas, elle s'est promis de ne pas retourner voir son ancienne maison alors elle plonge son nez dans son café pour éviter de répondre. Emma semble le comprendre. La vieille dame se dit qu'elle est finaude cette petite, quand même.

— Pourquoi vous ne trouviez pas grand-chose ? Il y avait des restrictions, c'est ça ?

—Pire que ça : je n'avais rien quand j'étais petite, comme tous les Lettons, c'était dur de trouver quoi que ce soit ici, même à manger, tu sais ! On devait faire la queue tout le temps, pour la viande, le lait, le pain, tout... Et pareil pour les vêtements ou les objets du quotidien. Une fois, je me rappelle, j'ai dû attendre des heures devant un magasin, si on peut appeler ça comme ça, pour des chaussures. Eh bien, crois-le ou non, il n'y avait que les chaussures gauches ! Pas une seule paire complète ! Tout était contrôlé par les Soviétiques et ce qui arrivait au port de Riga partait directement en URSS. On avait seulement des fruits et des légumes de saison, on ne savait jamais si on aurait ce qu'on allait chercher : tu avais besoin de lait, tu revenais avec des patates...

—Pour les légumes de saison, c'est plutôt bien, non ? C'est plus écolo !

—Oui, bien entendu, c'est bien quand tu as le choix. Et puis aujourd'hui, même si tu n'as pas de produits frais, tu peux les trouver sous d'autres formes. Tu apprécies, quand tu en as vraiment envie, de trouver des fraises surgelées ou des poires en conserve, non ?

Emma hoche la tête.

— Ce dont je me souviens, c'est qu'on mangeait ce qu'on trouvait, voilà tout.

— C'était une question d'argent ?

— Pas seulement : on n'avait pas beaucoup de sous, certes, mais surtout on était surveillés, on ne pouvait pas prendre plus d'un beurre ou d'un morceau de viande à la fois. Sauf que moi, je connaissais le surveillant de notre quartier alors il me laissait faire la queue deux fois ou trois fois d'affilée. Et après, on s'arrangeait pour échanger avec… avec des amies.

— Avec cette Diana dont tu as parlé dans le souvenir ? Celle qui a le même nom que toi ? Pourquoi vous avez le même nom ?

Mara ne répond pas, elle plie sa serviette et se lève.

— Bon, on y va ?

* * *

Elles descendent en riant le grand escalier, car Emma imite les manières de grande dame de Mara, qui en rajoute, pour la faire rire. Mais leur sourire se fige au bas des marches : deux journalistes sont là et déjà, leur photographe les flashe. Emma se tourne vers sa grand-mère qui a pâli et elle réagit :

— Remonte dans la chambre, je vais les repousser si tu veux.

Mara hoche la tête et repart dans l'autre sens tandis que la jeune fille fait barrage. Elle se sent soudain plus grande, presque adulte, elle protège sa grand-mère.

— *Mrs Galanta* ! *Mrs Galanta* !

— *Stop, she doesn't want to see you. Leave her alone*[1] !

Son anglais lui revient facilement, elle a un ton ferme, autoritaire et les deux journalistes, un homme et une femme, s'arrêtent, étonnés.

— *Who are you ?*

— *It's not your problem. She doesn't want to do interviews.*

Et là, incroyablement, ils cèdent, hochent la tête et repartent. Emma n'en revient pas, elle remonte ravie dans la chambre de Mara pour lui

1. Elle ne veut pas vous voir. Laissez-la tranquille !

dire qu'elles sont tranquilles. Mais la vieille dame ne la remercie pas, elle est en colère.

— Je n'aurais jamais dû revenir. Je le savais !

Le sang d'Emma ne fait qu'un tour. Elle a l'impression de le voir faire le grand huit dans ses artères.

— Dis, tu ne crois pas que tu exagères ? Tu as l'habitude, non ? Ce n'est pas la fin du monde. Je leur ai dit non, ils sont repartis et voilà !

— Ça, c'est ce que tu penses ! On ne va pas avoir la paix.

— Essayons au lieu de râler. Je croyais que tu voulais me faire un cadeau d'anniversaire, tu ne peux pas prendre un peu sur toi ?

Mara ouvre de grands yeux. Emma a usé du même ton que face aux journalistes et ça marche, sa grand-mère cède et remet son manteau.

— OK. On va demander à passer par une autre sortie, annonce-t-elle en se saisissant du téléphone pour prévenir la réception.

Emma est ravie et elle s'imagine déjà utiliser le même ton autoritaire avec sa mère… ça lui ouvre de belles perspectives !

* * *

— Regarde ça, ce sont des œufs de poisson, c'est délicieux. Tu veux qu'on en prenne pour les ramener à ta mère ?

— C'est surtout mon père qui va être content !

— Tu sais s'il va revenir bientôt de son… Il fait quoi déjà en ce moment ?

— Il étudie les carcajous.

— C'est quoi ?

— Des gloutons.

— Ah oui ? J'aime bien ton père, il me fait rire.

— Tu le fais rire aussi !

Mara a un temps d'arrêt puis, voyant Emma s'esclaffer, elle-même sourit de bon cœur.

— Je ne lui ai pas facilité les choses, je comprends qu'il se moque de moi.

— Il ne le fait pas méchamment, il trouve juste drôle que tu aies besoin d'un tel luxe alors qu'il est du genre homme des bois. Mais il se moque aussi de nous quand il rentre, je te rassure. De nos habitudes, de notre confort, de nos manies…

Elles font le tour du marché, immense, observant tout. Elles sont heureuses de trouver de petits souvenirs, de goûter ce que les commerçants leur tendent. En fin de matinée, elles sont chargées de sacs et prennent le chemin de l'hôtel.

— Bon, on peut manger à l'*Europa Royal* ou aller dans un autre restaurant que j'ai repéré sur le guide, tu veux faire quoi ?

— Manger à l'hôtel ! On fait quoi cet après-midi ?

— On va voir la bibliothèque de Riga, elle est toute récente et il paraît qu'elle est magnifique, ça te va ?

— Oui, s'enthousiasme Emma, j'ai lu qu'elle était comme une montagne et que les Lettons avaient tous donné leur livre préféré pour constituer un mur de livres ! C'est quoi, toi, ton livre préféré ?

— Alors là… comment veux-tu que je choisisse ? Tu saurais me dire le tien, toi ?

— Oui, bien sûr, c'est *Harry Potter* !

— C'est vrai que c'est une bonne série.

— Tu les as lus ?

— Oui, j'adore la magie. En fait, si on se dit que les sept romans comptent pour un, je dirais que nous avons le même livre préféré !

— Tu me fais marcher.

— Non, pourquoi ?

— Tu essaies d'être une super grand-mère, j'apprécie beaucoup, mais tu n'es pas obligée de…

— De quoi ? s'agace Mara.

— De faire ça…

La vieille dame se tait. Elle est vexée.

— Tu ne me crois pas ?

— Ben… pas trop, non.

— OK, donne ta main.

— Quoi ? Mais ?

Mara saisit la main d'Emma et elle se plonge dans le souvenir de sa lecture des *Reliques de la mort*, qu'elle a tellement attendu qu'elle avait même fait faire la queue à son secrétaire de l'époque pour qu'il le lui ramène dès l'ouverture de la librairie. Et ça marche… Emma se trouve plongée dans le désir et l'excitation de sa grand-mère devant le dernier volume de leur saga préférée. Elle les ressent intimement, elle reconnaît un sentiment proche du sien, sans que ce soit exactement le même. C'est tellement saisissant qu'elle lâche soudain la main de Mara. Tout s'arrête.

—Alors, tu me crois maintenant ?

Emma hoche la tête, sidérée.

—C'est quand même un drôle de truc qui nous arrive…

* * *

Mara et Emma marchent doucement vers l'hôtel. Elles sont dans leurs pensées, un peu perdues, n'osant se parler. La jeune fille a du mal à revenir à la réalité tant leur expérience a été forte, et elle se pose mille questions. Est-ce qu'elle pourrait voir d'autres moments de la vie de sa grand-mère ? Est-ce que celle-ci peut aussi entrer dans sa tête ? Est-ce qu'elles ont un pouvoir, l'une ou l'autre ? Un pouvoir magique ? C'est tellement étonnant et hors norme… Emma a l'impression d'être Harry Potter face à Rogue. Enfin, en plus sympa et avec les cheveux moins gras. Bref, elle garde sa considération pour elle, car Mara risquerait de se vexer.

Elles passent par la réception sans repenser aux journalistes et, heureusement, ils n'y sont plus. Il n'y a là qu'un groupe de Britanniques, et une vieille dame qui les regarde passer. Toujours sonnées, elles décident finalement de manger à l'hôtel, dans un grand silence : Mara pianote sur son téléphone alors Emma finit par se plonger dans son bouquin. Au dessert, la vieille dame relève enfin le nez comme si elle avait fait une grande découverte.

— Emma, je pense que nous vivons une expérience paranormale, annonce-t-elle théâtralement.

La jeune fille, saisie au milieu d'une scène particulièrement épique de son roman, ouvre de grands yeux et éclate de rire.

— Mais, pourquoi tu ris ?

— Parce que… ça me semble évident que c'est paranormal ! Tu avais déjà entendu ce genre de trucs, toi ?

— Non, mais j'ai cherché, au cas où.

— C'est ça que tu faisais depuis tout à l'heure ?

— Oui, je m'inquiète, figure-toi !

Emma sourit.

— Tu es comme… comme une ado en fait !

— De la part d'une ado, c'est assez amusant comme remarque. Tu n'as rien à dire de plus constructif ? On a un problème paranormal, je te rappelle. Et, pour tout te dire, je crois que ce n'est pas la première fois que ça m'arrive…

— Comment ça ?

— Eh bien, quand j'étais petite, j'avais une amie avec qui c'est arrivé, enfin, il me semble, mais je ne suis plus très sûre.

— Comment tu pourrais avoir oublié ça ? C'est quand même hyper bizarre.

— C'est tellement loin et, avec le temps, je… je ne sais plus.

Mara est nerveuse, elle tripote sa serviette. Emma sent que le sujet est compliqué, qu'elle ne doit pas insister.

— Tant pis, n'en parlons plus, si tu veux.

— Tu es sûre ?

— Ben, en fait, j'aimerais quand même bien essayer de voir si ça marche dans l'autre sens. Mais si tu préfères éviter, on laisse tomber, d'accord ?

Mara fait une drôle de tête, mais elle accepte. Elles se prennent la main par-dessus la panière et la jeune fille se concentre sur un souvenir, comme Harry. Le premier qui vient est leur premier week-end de déconfinement, quand elle a enfin pu revoir Nina après deux mois de séparation. Elle essaie de visualiser les détails, les odeurs, les bruits. Mais Mara fait la moue, ça ne fonctionne pas.

— C'est bizarre quand même. Tu veux réessayer dans l'autre sens ?

— Sûrement pas, je ne trouve pas spécialement agréable de t'avoir dans ma tête.

— Tu l'as bien voulu tout à l'heure !

— Tu ne voulais pas me croire, j'étais bien obligée, boude la grand-mère.

— Mais… tu le sens quand je suis dans ta tête ?

— Oui, mais ce n'est pas très évident, c'est plus une sensation qu'une certitude et c'est d'autant plus dérangeant, tu ne comprends pas ?

— Si, bien sûr…

— Allez, passons à autre chose, tout ça m'agace.

Emma hoche la tête, elle comprend qu'il soit très perturbant d'avoir quelqu'un qui puisse plonger dans son esprit… Et elle se demande aussi pourquoi elle a voulu montrer ce souvenir avec Nina à Mara : après coup, elle se rend compte qu'elle préfère le garder pour elle, ça la rassure que ça n'ait pas marché, en fait. Elle aimerait bien essayer sur quelqu'un d'autre, cependant. Mais qui ? Elle ne connaît personne ici. Son regard erre sur la salle de restaurant de l'hôtel. Il y a une famille, un couple et… cette vieille femme, là, celle qu'elle a vue dans le hall. Elle est justement en train de les observer.

En fait, elle regarde Mara.

9

Retour du passé

La bibliothèque ressemble à une montagne, énorme, géante. Elle est très haute et un mur immense, constitué de sept étages de livres, derrière de grandes baies vitrées, fascine Emma.

— Ils expliquent là que le 18 janvier 2014, plusieurs centaines d'habitants ont formé une chaîne humaine de plus de deux kilomètres pour transférer les ouvrages de l'ancienne bibliothèque vers la nouvelle. Il faisait moins dix degrés !

Emma regarde le panneau désigné par Mara, il y a une vidéo de la chaîne humaine et une explication en letton et anglais.

—Tu lis dans quelle langue ?

—Comment ça ?

—Ces explications, là, tu les as lues en anglais ou en letton ?

Mara hausse les épaules.

—Qu'est-ce que ça peut te faire ?

—Pourquoi ça te gêne ? J'ai l'impression que tu fais tout pour ne pas parler de ton passé.

—En effet, et à vrai dire, puisque tu l'as remarqué, je ne comprends pas pourquoi tu insistes. Tu es finaude, je le sais, et je le vois quand tu mets tes gros sabots.

Emma baisse le nez, un peu honteuse de se faire ainsi gronder. Alors elle regarde ses pieds, les imaginant avec des sabots de bois grossier.

—Pardon. On va explorer ?

—Oui.

* * *

Dans la partie des enfants, l'espace est lumineux, Emma propose de s'asseoir sur un gros coussin, sous un arbre en bois, et de bouquiner. Mais Mara n'a aucune envie de s'installer sur un de ces gros poufs alors qu'elle est en talons et en jupe, elle veut continuer à se promener alors elle avance vers l'étage supérieur et la jeune fille la suit docilement. Elles finissent par aller à la boutique, où Mara trouve une boîte de chocolats amusants qui reproduisent le motif du plancher en marqueterie.

— C'est pour qui cette fois ? demande Emma qui déambule parmi les souvenirs.

— C'est toujours pour ta mère.

— Tu lui fais plein de cadeaux !

— Oui, j'aime bien ça. Dans tous les pays où je vais, je lui trouve des objets, de la nourriture, des choses pour qu'elle voyage un peu avec moi. Elle est si casanière !

— C'est marrant…

— Hum. C'est quoi le fond de ta pensée ?

— Que… comment ça ?

— Tu penses quelque chose de ça, que j'achète plein de choses à ta mère, mais tu ne le dis pas. Qu'est-ce que tu crois ? Que c'est une façon de racheter mon absence ? Ou que j'achète de la nourriture parce que j'en ai manqué petite ?

En le disant, Mara se rend compte de l'imbécillité de son propos. Une fille de quatorze ans ne pense pas ce genre de choses, c'est elle qui s'imagine des trucs. D'ailleurs, elle se renfrogne et râle.

— Il faudrait savoir ! Tù m'as demandé de ne pas mettre mes gros sabots et là, tu essaies de me tirer les vers du nez.

Mara inspire un grand coup, se retient de faire une nouvelle remarque pour ne pas la vexer. Après tout, elle est gentille cette petite, elle n'a pas à l'asticoter tout le temps.

— Bon, on va aller prendre un goûter à la cafétéria.

* * *

Alors que Mara a disparu aux toilettes pour se repoudrer le nez, comme elle dit pour éviter de prononcer des mots comme « faire pipi » qu'elle ne juge pas très classe, Emma joue distraitement avec la paille de son cola letton. Elle grignote les amandes couvertes de sucre glace de son gâteau à la crème. Le lieu est superbe, un arbre gigantesque, en planches de bois brut, a poussé au milieu de la cafétéria pour soutenir le plafond. La jeune fille a l'impression d'être au pied d'Yggdrasil, l'arbre mythique des religions nordiques. Et soudain, la vieille femme qu'elle a vue dans le hall de l'hôtel et au restaurant s'approche. Emma a un mouvement de recul : elle les a suivies. C'est sans doute une journaliste. Une vieille journaliste.

— Bonjour, fait-elle en tirant une chaise pour s'installer à leur table. Je peux ?

— Euh… non, vous…

— Merci, c'est gentil, je suis âgée et toute cette marche m'a épuisée.

Elle parle français avec un accent chantant.

— Vous n'êtes pas journaliste ?

— Je suis une vieille amie de Mara. Et toi… tu es sa petite-fille ?

— Oui. On ne se connaît pas, si ?

— Non, pas du tout, mais j'ai supposé que tu n'étais pas son attachée de presse, vu ton âge, dit la vieille dame en riant.

Emma voit Mara arriver du coin de l'œil : elle hausse les sourcils et ne semble pas reconnaître la dame. Quand elle arrive à la table, elle a l'air vraiment fâchée.

— Je suis désolée, je n'ai pas le temps pour une interview, je suis en vacances.

— Tu ne me reconnais pas ?

Mara semble perplexe.

— Je suis Diana. Ton amie Diana.

Un grand silence suit cette annonce. Emma fait tout de suite le rapprochement avec le souvenir de sa grand-mère, tandis que celle-ci perd ses couleurs, comme si le sang fuyait son visage. Elle saisit le dos de la chaise et le serre si fort que ses jointures blanchissent. Elle inspire un grand coup.

— Je ne veux pas te voir.

— Je m'en doute bien. Depuis trente ans que je t'attends, trente ans sans une lettre, un coup de fil, je suppose que si tu n'es pas venue, ce n'est pas que tu avais piscine.

La remarque est drôle, étonnante dans la bouche de cette vieille femme à l'allure très classique, mais Emma se retient de rire en voyant les yeux de Mara étinceler de colère.

— Tu es venue te moquer de moi ?

— Mais… non ! Enfin, je suis venue te parler, te retrouver, répond Diana vivement, comme si elle regrettait sa plaisanterie.

— Eh bien, ce n'est pas possible. Je ne souhaite pas te parler, ni te… retrouver. Viens Emma, on y va.

— Mais… Mara !

Diana semble soudain désespérée. Emma ne sait pas comment réagir. La douleur qui s'affiche sur le visage de la vieille femme est si poignante qu'elle ne peut pas partir comme ça. Elle se lève pourtant, saisit son sac et hésite. Diana a les larmes qui lui montent aux yeux, mais Mara n'en voit rien puisqu'elle lui tourne le dos.

— Je t'attends dehors, dit-elle, comme si elle ne pouvait pas rester plus longtemps dans le même périmètre que son ancienne amie.

Et elle part. Emma, indécise, la regarde s'éloigner à toute vitesse, puis se tourne vers Diana. Celle-ci pleure doucement, sans un bruit. Emma a l'impression soudaine de voir Nina, quand son père lui a annoncé qu'elle quittait le collège pour la MFR, une sorte de désarroi profond. C'est bouleversant, alors la jeune fille pose sa main sur son épaule et là…

* * *

Je la vois partir, elle s'éloigne en lui tenant la main, à ce Français, cet Armand qui me la prend. Il fait très chaud aujourd'hui, mais mon cœur est glacé. Elle s'en va et je ne sais pas quand je la reverrai… si je la reverrai. Mara. Mon amie, ma sœur.

* * *

Emma lâche l'épaule de Diana comme si elle l'avait brûlée, ou gelée plutôt car elle ressent elle aussi ce froid soudain qui lui serre la poitrine. Elle a peur, soudain, balbutie :

— Je suis désolée.

Et s'enfuit.

Elle rattrape Mara dehors, qui fait les cent pas en l'attendant.

— On rentre, ça te va ?

Ce n'est pas réellement une question, Emma le sent bien. Sa grand-mère est bouleversée. Elle ne desserre pas les dents. La jeune fille refait le puzzle dans sa tête : cette vieille femme est l'amie d'enfance de Mara, celle qui était invitée dans cette maison sinistre où elle a grandi avec cette mère cruelle. Et Diana ne l'a pas revue depuis que sa grand-mère a quitté la Lettonie avec Armand, son grand-père. Pourtant elle a dit qu'elle n'avait pas de nouvelles depuis trente ans et elles sont séparées depuis au moins cinquante ans. Est-ce qu'elles entretenaient encore des liens avant la chute du mur ? Pourquoi Mara a-t-elle coupé le contact ? Et puis comment a-t-elle su qu'elles étaient là ? Un journaliste ? La femme de l'aéroport ? Elle est venue à l'hôtel, les a suivies à la bibliothèque, elle devait se douter que Mara ne souhaiterait pas la voir! Mais pourquoi? N'y tenant plus, elle finit par s'interroger à voix haute.

— Mais pourquoi ne veux-tu pas lui parler?

Mara s'arrête net.

— Ça ne te regarde pas. Ce n'est absolument pas ton affaire et je t'interdis de m'en reparler ou de lui parler, à elle.

Elle prononce ces derniers mots avec un tel mépris qu'Emma en est choquée. Et surtout, elle ne comprend pas la soudaine colère de Mara contre elle.

— Je n'y suis pour rien, moi!

— Si, bien sûr que si! Qui a voulu venir passer des vacances dans ce pays idiot? Hein?

Emma a les larmes qui lui montent aux yeux. Elle s'en veut, elle lui en veut, elle est désarroi et colère. Le retour à l'hôtel est rapide et Mara va s'enfermer dans sa chambre après avoir annoncé:

— Demain, on va à la mer, ça nous éloignera un peu de cette ville affreuse. Si tu veux visiter le centre, profites-en maintenant, je ne pense pas qu'on revienne ici avant de prendre l'avion.

* * *

Emma tourne en rond dans sa suite, fâchée, perdue. Elle avise le téléphone de la chambre, elle aimerait appeler Nina pour lui demander conseil, mais elle a peur que sa grand-mère se fâche si elle a une note de téléphone pour la France à payer demain matin. Elle s'assied devant le secrétaire, ouvre une lettre de Mara au hasard. C'est une lettre qui vient de Palestine. Emma connaît un peu la situation du pays, elle a vu ça en histoire pour le brevet. Au fur et à mesure de la lecture, elle est de plus en plus abattue tant l'histoire de l'homme qui écrit est triste. Elle se sent encore plus paumée. Alors elle remet son manteau et sort, comme Mara le lui a conseillé. Elle a encore plein de choses à voir d'après le guide. Et elle doit se vider la tête. Tout ça, c'est trop pour elle : la télépathie, la lettre de Gaza, la Lettonie… Elle doit sortir.

Je vous écris, madame, car écrire est tout ce qui me reste.

À la télévision, je vous regarde voyager dans toutes sortes de pays, Mexique, Corée, Hongrie. Vous prenez l'avion et vous passez d'un mur à l'autre et, pardon madame, mais chaque fois, la jalousie me ronge. Je sais que vous avez souffert, je sais aussi que vous n'êtes pour rien dans les souffrances que j'endure, mais je tuerais mon père et ma mère bien-aimés pour être à votre place.

Vous pouvez sortir de chez vous, prendre une voiture, un train, aller rendre visite à votre famille ou partir en tournée dans le monde. La planète entière vous est ouverte.

Moi je suis en prison depuis l'âge de dix ans. Je n'ai tué personne, madame, je n'ai ni volé, ni violé, ni cherché querelle à quiconque.

Non. Je vis à Gaza.

En une journée de marche, je peux aller du nord au sud de ma prison, du poste d'Herez jusqu'à celui de Rafah. Il ne me faut qu'une heure pour aller d'est en ouest. Voilà pour moi les limites de l'univers.

Je vis dans une cabane en parpaings du camp de Jabalia avec mes neuf frères et sœurs, et il y a un trou au mur depuis la guerre de 2014 : un char a tiré à travers. Chaque matin, je cherche du travail dans une ville qui n'en a aucun à offrir. Puis je marche parfois des heures entre mes murs comme un fauve dans sa cage. Je regarde la mer où, à l'horizon, les navires de guerre interdisent aux pêcheurs de sortir leurs filets. Je longe la « zone tampon » devant la barrière de séparation, une large étendue de friche. Mon oncle Ibrahim dit que c'est dans cette zone interdite que se trouvent les meilleures terres agricoles de Gaza.

Je connais ces paysages par cœur. Ces affreux drapeaux verts du Hamas étendus partout sur les bâtiments en ruine, cette foule immense enfermée dans ce tout petit bout de poussière et de vent, ces visages pleins de peur et de haine.

Moi je n'ai ni peur ni haine, madame. J'ai juste soif d'ailleurs.

Mon père et ma mère ne me comprennent pas. Ils me disent de chercher du travail, de trouver une femme et de fonder une famille. Ils ne comprennent pas que j'étouffe, que je meurs. Autour de moi, les couples font des enfants, ils disent que ce sont leurs armes contre Israël. Moi je ne veux pas ajouter un seul prisonnier à ces murs. Le seul projet de ma vie est de sortir d'ici. Comment pourrais-je en avoir un autre?

Le meilleur moment de ma journée, c'est quand l'électricité revient et que je peux regarder la télévision. J'ai vu la tour Eiffel, la muraille de Chine, j'ai vu la place Rouge et les plages de Rio. C'est la seule manière que j'ai de quitter Gaza.

Pendant plusieurs années, j'ai fait ce que j'ai pu pour soutenir ma famille mais j'ai toujours voulu sortir. J'avais un plan. J'étudie le français et l'anglais depuis l'âge de huit ans. Je les parle couramment, parfois les gens me disent que ce sont de belles langues. Moi, je sais juste que ce sont les langues qui peuvent vous ouvrir les portes des universités étrangères. J'avais choisi les lettres et la philosophie, on disait que c'était le meilleur moyen d'obtenir une bourse européenne et un visa. Mais c'est long, c'est très long. Une fois, j'ai craqué, je suis allé à Rafah, au point de passage avec l'Égypte. J'ai fait la queue pendant une journée entière. Mais je n'avais pas l'argent pour le pot-de-vin aux soldats, alors ils ne m'ont pas laissé passer. J'ai aussi essayé de passer par un tunnel.

Je connaissais un contrebandier, mais le tunnel s'est effondré et j'ai failli mourir.

Et puis la nouvelle est enfin tombée : j'ai obtenu une bourse européenne pour étudier à Paris, à la Sorbonne.

Hier, pour la première fois de ma vie, j'ai franchi les barrières de Herez. Les soldats m'ont retenu une heure dans le taxi, en plein soleil, mais tous mes papiers étaient en règle. Alors je suis sorti de Gaza ! Oui, je suis sorti ! Le taxi a roulé jusqu'à l'aéroport, et moi, j'avais les yeux collés à la vitre, affamé de voir des choses nouvelles. Le moindre panneau publicitaire, la moindre devanture de magasin était comme une gorgée d'eau sur une terre desséchée.

Et puis, au moment de monter dans l'avion, les soldats m'ont refusé l'entrée. Personne n'a pu me dire pourquoi. Le billet était payé, le passeport validé.

J'ai suffoqué, j'ai hurlé, j'ai secoué un soldat en uniforme. On m'a mis en prison pour dix jours et fiché comme terroriste.

J'ai maintenant perdu tout espoir de quitter ce pays.

Je serai toute ma vie entre ces murs.

Je ne verrai jamais la tour Eiffel.

Demain, j'irai avec les autres à la « grande marche du retour ». J'avancerai avec la foule jusqu'aux grilles. Je crierai, je montrerai le poing. Et je prierai le Tout-Puissant pour qu'une balle me traverse la tête.

Alors d'une autre manière que vous, madame, je franchirai enfin mon mur.

10

Rien de rien

Il fait froid, plus qu'elle ne le pensait. Rapidement, elle a le nez gelé et les doigts engourdis, elle ne peut pas les fourrer dans ses poches parce qu'elle a le guide à la main pour ne pas se perdre. Une fois de plus, elle peste à l'idée de ne pas avoir son portable avec le GPS intégré. Elle hésite entre deux itinéraires, celui des maisons Art déco ou la vieille ville pour aller voir la maison des Têtes noires et l'église Saint-Pierre. Elle a peur de se perdre si elle s'aventure dans ces rues aux noms lettons difficiles à retenir pour elle. Cela lui fait penser qu'elle aurait bien voulu apprendre quelques mots de cette langue. C'est ça qu'elle voulait lui dire, à Mara, tout à l'heure. Qu'elle avait envie d'apprendre à prononcer quelques mots. Au lieu de ça, elle l'a fâchée en lui faisant cette remarque sur son refus de parler du passé. Alors qu'au fond, elle lui est déjà très reconnaissante de l'avoir emmenée ici, malgré ce que ça semble lui coûter. Emma vit ce qu'elle souhaitait, même si ce n'est pas parfait : elle marche dans ces rues où ses ancêtres ont marché, elle foule les pavés du passé de sa famille. Peut-être ses arrière-grands-parents sont-ils entrés dans cette cathédrale ? Elle est ancienne, elle date de 1211. Sur le pourtour, il y a des petites bêtes en bronze, des statues toutes rondes et lisses, douces au toucher. Rien dans le guide à leur propos. Et toujours pas de portable pour en savoir plus ni les prendre en photo. Il y a un tatou, une licorne, un dragon et une chouette : peut-être que ce sont les quatre animaux emblématiques de la Lettonie ? Ou même les quatre symboles des maisons de l'école lettone de sorcellerie ! Comme le blaireau, le corbeau, le serpent et le lion pour Poudlard !

Elle aimerait venir avec Mara pour lui montrer, mais comme ce n'est pas possible, elle les dessine rapidement sur son carnet à croquis. Le résultat lui plaît, mais le temps passe, elle devrait aller vite jusqu'à la place de l'église si elle veut être à l'heure pour le dîner. Sauf qu'elle ne sait plus quel chemin prendre.

Et le guide a disparu. Elle l'a posé pour dessiner et…

Pfuit.

Perdu.

* * *

Diana la voit de loin. Alors qu'elle rentrait chez elle, déboussolée par la rencontre ratée avec Mara, elle repère soudain la jeune fille, Emma, qui semble perdue près de la cathédrale. La vieille dame hésite à crier pour l'appeler, quand soudain Emma repart, prend une rue puis une autre. Elle semble chercher son chemin. Diana la suit, sans réfléchir. Juste parce qu'elle n'accepte pas l'idée que sa chance de parler à Mara soit déjà passée.

* * *

Emma arrive sur une rue plus passante, après avoir tourné un peu dans la vieille ville, superbe, colorée, charmante. À un moment, elle est passée sous un énorme porche de briques rouges, surmontant une ruelle dont les pavés étaient si lisses qu'ils semblaient avoir des siècles derrière eux. Et au détour d'une autre rue, elle a vu un énorme tonneau incrusté dans un mur joliment peint.

Elle n'apprécie pas pleinement les lieux cependant, car elle a un peu peur. Pas trop, mais quand même, elle n'a pas de téléphone, elle ne parle pas très bien anglais et pas du tout letton. Au pire, elle a la carte de l'hôtel, avec l'adresse dessus et quelques euros en poche. Enfin, cette grande rue lui semble être celle qui mène à l'*Europa Royal*. Une devanture attire son attention : *Black Magic*. On dirait une ancienne pharmacie avec ses sculptures de bois représentant le caducée d'Hermès, ce bâton enroulé de serpents dont lui a parlé la prof d'histoire. Elle pousse la porte, justifiant sa curiosité en se disant qu'elle va demander son chemin, et là, découvre une authentique boutique du chemin de Traverse !

C'est tout simplement incroyable ! Des flacons anciens, des bouteilles énormes de toutes les couleurs, des boîtes poussiéreuses renfermant sans doute des baguettes et ingrédients de sorcellerie, des accessoires d'alchimistes, des alambics… c'est majestueux ! La voûte de pierre et le comptoir en bois, comportant des dizaines de petits tiroirs à poignée de porcelaine, semblent dater d'un autre siècle et entre les petites tables de marbre sombre circulent des dames en costume ! La jeune fille ne sait pas trop s'il s'agit d'un salon de thé ou d'un bar, vu que certains sirotent un chocolat chaud en mangeant de grosses parts de gâteau crémeux, tandis que d'autres boivent de la bière en piochant dans des cacahuètes. Ça y est, Emma a plongé dans un autre temps, voilà qu'elle ne se contente plus de partager les souvenirs de Mara, elle a carrément fait un saut dans le passé…

Pourtant, les personnes attablées sont bien du XXIe siècle ! La jeune fille secoue la tête. Elle a encore laissé son imagination la déborder. C'est un café à la déco surprenante, voilà tout. Un peu déçue, elle s'apprête à ressortir.

* * *

La petite est entrée au *Black Magic*. Que va-t-elle y faire ? Ce n'est pas un endroit pour une jeune fille seule. Diana se morigène : bien sûr que si, elle peut y aller, elle ne va pas se soûler, simplement prendre un chocolat chaud ou un gâteau. Tous les jeunes gens ne sont pas des délinquants… elle n'a pas d'enfants ni de petits-enfants et elle commence à avoir des idées de vieille conne, voilà tout.

Elle hésite. Si elle la rejoint, voudra-t-elle lui parler ? Allez, ça se tente. Elle pousse la porte.

* * *

Alors qu'elle redresse son col pour sortir, Emma se fige : une femme vient d'ouvrir en laissant le froid s'insinuer dans la chaleureuse ambiance du *Black Magic*. C'est la vieille amie de Mara, Diana. Elle l'a suivie ? Ça commence à être flippant. Elle hésite un peu, l'ignorer ou lui parler ? Elle aura de toute manière du mal à l'éviter, vu qu'elle squatte au milieu du passage… Et son air désespéré lui fend le cœur. Elle visualise un gros cœur rouge qui commence à se briser, puis secoue la tête : non, elle ne va pas trahir Mara !

Elle décide de l'ignorer.

* * *

— Attends !

Diana lui saisit la main au passage et, soudain, elles sont en plein été, dans le jardin d'une grande maison. Elles entendent un bruit, un sanglot.

* * *

Il y a quelqu'un dans le buisson, là ! Diana petite s'approche, doucement, soulève les branches et trouve une autre petite fille, six ans tout au plus, qui pleure, recroquevillée sur elle-même.

— Mara ? Mais… pourquoi t'es là ?

— C'est maman, elle m'a dit de partir de la maison !

— Pourquoi ?

— J'ai... j'ai cassé une statuette, hoquette Mara petite, une de celles qu'elle garde d'avant... je voulais juste la regarder, mais elle est arrivée derrière moi, elle a crié et... et je l'ai laissée tomber par terre.

Diana a le cœur tout serré, elle aussi a peur de la maman de Mara.

* * *

— Lâchez-moi ! s'écrie Emma, en arrachant sa main de celle de Diana.

Prise de frissons, la jeune fille tente de contourner la vieille dame, qui la saisit par les épaules.

— Attends !

Emma essaie de se dégager, mais le visage de Diana se fissure, comme si la voir partir était la pire chose qui puisse lui arriver. Son accent est désespéré, elle semble sur le point de tomber et se raccroche à elle comme à une bouée. Elle se visualise une demi-seconde en gros canard jaune au milieu d'une piscine avant de hocher la tête.

— Que me voulez-vous ?

Derrière la vieille femme, une serveuse s'approche, inquiète.

— *Kas notiek ? Vai Jums ir kādas problēmas?*

— *Nē, nē, viss ir kārtībā. Esmu veca, mana galva bieži griežas un mazmeita vienkārši nobijās.*

La serveuse, rassérénée, repart vers un client qui l'appelle pour payer.

— Vous lui avez dit quoi ?

— Que j'étais une vieille femme, que j'avais souvent la tête qui tourne et que toi, ma petite-fille, tu étais juste inquiète de me voir comme ça.

Emma soupire :

— On peut dire que vous savez mentir !

— Oui… après quarante ans d'occupation soviétique, c'est un peu comme une deuxième peau, le mensonge.

Emma fronce les sourcils.

— Qu'est-ce qu'il y a ?

— J'essaie de vous imaginer avec une seconde peau faite en mensonges…

C'est au tour de Diana de froncer les sourcils.

— Je ne comprends pas bien ce que tu dis.

—Pardon… c'est juste une habitude que j'ai, quand j'entends une expression, je la visualise.

—Ah ah, mais c'est génial, ça! Si je te dis que qu'on ne va pas rester plantées là comme deux piquets…

—Oui, je nous vois plantées dans le sol comme des morceaux de bois…

—Alors, allons taper la causette en buvant un coup!

Emma ouvre de grands yeux.

—Vous le faites exprès?

—Oui! C'est tellement drôle, à se pisser dessus.

—Beurk! Arrêtez! Je veux bien m'asseoir avec vous si vous arrêtez tout de suite de faire ça!

Diana rigole de bon cœur et Emma aussi, finalement. Elles vont s'asseoir à une table libre et la vieille dame leur commande deux chocolats chauds. Enfin, c'est ce qu'Emma devine en voyant arriver les tasses, parce que le letton lui semble aussi obscur que du klingon!

—Vous parlez très bien français!

—Je suis allée au lycée français. Comme ta grand-mère d'ailleurs. Enfin, à l'époque, ça s'appelait le « numéro 13 ». Elle ne t'en a pas parlé ?

Emma a un temps d'arrêt. Est-ce qu'elle peut parler de Mara en son absence ? Elle va tenter de ne pas trop en dire.

— Non… mais je lui poserai la question !

Un long silence s'installe alors. Diana tripote sa cuillère, Emma mâchouille une de ses mèches.

— Quand même…

— C'est…

Elles s'arrêtent toutes les deux.

— Je t'en prie, parle, lui fait Diana poliment.

— Non, non, allez-y !

— Eh bien, il y a beaucoup de choses. Déjà, je ne comprends pas ce qui s'est passé tout à l'heure. C'est aussi ce qui est arrivé à la bibliothèque, non ? Tu es entrée dans ma tête !

— Oui, je crois. Ça le fait aussi avec Mara. Mais ça ne m'était jamais arrivé avant !

Diana ouvre de grands yeux.

— Mara t'a laissée entrer dans sa tête ?

— Elle n'a pas choisi… Attendez, vous saviez que c'était possible ? C'est vous avec qui elle l'a fait quand elle était petite !

— Tu sais comment ça marche ? demande Diana sans répondre aux questions d'Emma.

— Il faut qu'on se touche la main. Mais je n'en sais pas plus !

Diana hoche la tête, sans commenter, ce qui met la jeune fille en rage, soudain.

— Vous, vous savez comment ça fonctionne ! Et vous ne dites rien !

— Je peux t'expliquer si tu veux…

Emma s'apprête à dire oui, mais elle se ressaisit.

— Non, je n'ai absolument pas envie d'en parler avec vous, on ne se connaît même pas et vous m'avez espionnée !

— Non, non, pas vraiment ! Je ne t'ai pas suivie, enfin… pas depuis la bibliothèque. Seulement depuis que tu as pris le mauvais chemin pour rentrer à l'hôtel, quand tu étais à la cathédrale.

— Vous ne m'avez pas suivie, mais vous m'avez quand même trouvée, c'est ça ? fait Emma avec agressivité.

— Oui… ça semble un peu bizarre dit comme ça, j'en conviens, dit Diana gênée.

— De toute façon, vous nous suivez depuis ce midi, je vous ai vue à l'hôtel. Dites-moi ce que vous voulez, ce sera plus simple.

— Je veux juste parler avec Mara.

— De votre enfance ?

— Oui ! Dès que j'ai su qu'elle était là, je suis venue en courant. Mais après, j'ai eu peur… Et j'avais raison.

— Comment vous avez été mise au courant ? On est arrivées hier ! Vous êtes une sorcière ou quoi ?

— Une… sorcière ? Ha ha ha ha !

Diana a éclaté de rire si fort que les autres clients se retournent, Emma rougit et tente de se cacher dans la laine de son col roulé.

— Mais non, enfin ! La Lettonie est un petit pays. Minuscule, même, alors la grande Mara, la Dame des murs ! ne peut pas passer inaperçue ! Un journaliste m'a contactée ce matin pour me poser des questions sur le retour au pays de la chanteuse prodige. Ici, elle est très célèbre…

— Pourquoi vous ?

— Parce que… je le suis aussi.

— Célèbre ?

— Oui. Je suis chanteuse, enfin, je l'étais. Comme Mara. Et tout le monde sait que nous étions amies avant son évasion.

— Son évasion ?

— Elle ne t'en a pas parlé ? Dommage, c'était une sacrée aventure, je suis la seule à avoir le fin mot de l'histoire et tout le monde se demande depuis cinquante ans comment elle a fait. Le KGB aussi, me l'a beaucoup demandé, d'ailleurs…, ajoute-t-elle d'une voix sombre.

— Le KGB ? La police soviétique qui envoyait les gens au goulag en Sibérie ?

Emma n'en revient pas. Elle est dans un café du chemin de Traverse avec une chanteuse célèbre qui lui dit que sa grand-mère a fui le KGB grâce à une évasion mystérieuse !

— Elle ne t'en a jamais parlé ?

— Non… peut-être qu'elle ne voulait pas me mettre en danger ?

— Il n'y a plus aucun danger depuis que l'URSS a disparu ! Elle ne t'a pas dit non plus pourquoi elle n'avait jamais remis les pieds ici depuis la chute du mur ?

Emma secoue la tête, de plus en plus mal à l'aise. Diana est en train de comprendre que Mara ne parle pas de son passé, elle le voit dans ses yeux.

— Elle ne t'a vraiment rien raconté en fait !

— Euh…

— Alors tu ne sais pas… rien de rien ?

— Non. Il faudra lui poser la question, je suis désolée.

11

Chante, s'il te plaît, Mara. Chante !

Emma a l'air elle-même si dépitée que Diana n'a pas le cœur d'en rajouter. Elle ne comprend pas pourquoi ce lien magique qu'elle n'avait qu'avec Mara fonctionne soudain, là, quand elles se touchent avec cette jeune fille inconnue, mais force est de constater que ça existe, que c'est exactement comme avec Mara quand elles étaient petites. Apparemment, Emma le partage aussi avec sa grand-mère. Comme un triangle entre elles, un de ces triangles de paille que sa grand-mère fabriquait pour décorer la maison à Noël. Sauf qu'il manque un côté.

Le lien avec Mara est rompu depuis longtemps. Diana croit en Dieu, elle se dit qu'il a sans doute quelque chose à leur donner, un cadeau. Un don des cieux, cela ne se refuse pas. Elle pense à voix haute.

— Si Dieu le veut…

— Je ne pense pas du tout que ce soit un coup du barbu !

— Du barbu… que…

* * *

Oups, Emma a – encore ! – mis les pieds dans le plat ! Diana est sans doute croyante au vu de sa tête offusquée. La jeune fille se rappelle avoir lu dans le guide que les Lettons sont luthériens. Comme elle ne savait pas bien ce que c'est, elle a cherché sur Internet et a découvert qu'il s'agissait en fait d'une branche de la religion protestante. Est-ce que Mara aussi était luthérienne ? Encore une question à lui poser. C'est un puits sans fond. Emma se voit tomber dans un trou noir digne de celui d'Alice au pays des merveilles. Sauf que son lapin blanc est une vieille dame qu'elle vient de choquer. Remarque… la couleur des cheveux, la tasse ; il ne manque que le lorgnon et le veston.

Emma sourit.

* * *

Mara non plus n'était pas croyante. Cela désespérait le pasteur, un ami de la famille Galanta.

— Tu devrais l'encourager à prier, au moins.

— Elle va me dire que ça ne sert à rien, que vous n'avez même pas le droit de faire la messe.

— Quelle tête de mule, répondait le brave homme en souriant.

Il connaissait bien le caractère de la petite orpheline du bout de la rue : les pères de Diana et Mara étaient à l'école avec lui, un trio infernal d'après la maman de Diana qui s'en souvenait en riant. Personne n'avait oublié le père de Mara dans le quartier, son rire franc et son caractère bien trempé. Son manque de respect pour l'Église aussi !

Sa déportation les avait tous désespérés. Et la lente chute en enfer de sa femme aussi.

* * *

—Je vous ai perdue…, ose Emma.

La vieille femme semble loin dans ses pensées et la jeune fille est tentée par l'idée de lui toucher la main, pour découvrir quel souvenir lui est revenu. Car elle se doute à son regard vague que Diana est repartie dans son passé.

—Non, non, je suis là. Et je voudrais te demander quelque chose.

—Mmmh, mmh.

—J'aimerais que tu convainques Mara de me parler.

—C'est que… on part demain à la mer et… elle ne veut pas vous voir.

—Tu ne me fais pas confiance, c'est ça?

—Euh…

La jeune fille ne sait pas quoi répondre. Elle voit bien que cette femme est gentille et elle est curieuse d'en savoir plus. Elle aussi aimerait que sa grand-mère accepte de lui parler: Emma en a plus appris en quinze minutes avec cette dame qu'en quatorze ans avec sa famille. En même temps, elle fait ce truc bizarre avec les souvenirs, elle les a espionnées et elle l'a suivie jusqu'au *Black Magic*.

— Est-ce que je pourrai te faire partager des souvenirs pour te convaincre que je ne veux aucun mal à ta grand-mère ?

Emma hésite puis hoche la tête. Si elle le propose… après tout, elle en saura sans doute plus.

Elle tend la main et Diana y pose la sienne, qui n'est pas plus grande mais toute tachée de brun et ridée par les années. Du bout du pouce, elle touche la peau douce de Diana et…

* * *

Diana et Mara sont toutes les deux dans la rue, elles vont à l'école. Il fait noir encore, le jour ne viendra que dans une bonne grosse heure. Emma se sent serrée dans la tête de Diana, peut-être parce qu'elle est petite, sans doute seulement sept ou huit ans.

Elles marchent dans le noir de leur quartier isolé, en faisant en sorte de ne pas quitter la route, éclairée de loin en loin par les fenêtres des voisins, pour ne pas marcher dans les flaques de neige fondue. Le chemin est long jusqu'à l'école numéro 13, mais elles sont ensemble et rien ne peut leur ôter le sourire : aujourd'hui, elles vont chanter ! Elles s'entraînent sur le chemin, de leurs belles voix cristallines, et les passants qui les croisent perdent leur masque terne en les entendant. Elles chantent les *dainas* que leur ont appris les parents de Diana et s'attirent des sourires de tous côtés. Elles baissent le ton, cependant, quand elles passent devant un Soviétique, de peur de se faire gronder. Papa a dit qu'ils n'apprécient pas trop ces chants traditionnels. Mais dès qu'elles sont un peu plus loin, les voilà reparties de plus belle. Enfin, elles arrivent à l'école. Leur maîtresse est une auguste mamie qui a connu les deux guerres, et peut-être d'autres, plus anciennes. Elle a les joues rondes, un tablier blanc, une odeur de bon pain, mais aussi la voix qui gronde quand il le faut. Tout le monde l'adore.

Elle les fait chanter sur l'estrade, devant le bureau, pour le plus grand plaisir des autres enfants, à part Brigite qui les déteste depuis qu'elles lui ont clairement signifié qu'elles ne voulaient pas transformer leur duo en trio l'an passé. Mara a été un peu dure, comme toujours, et Diana a eu beau essayer d'arrondir les angles, Brigite boude toujours. Elle n'a pas digéré d'être traitée de vieille poule.

« Pourtant, c'est vrai qu'elle chante aussi mal que ta vieille poule, non ? »

Mara en rit encore, et Diana finit toujours par l'accompagner.

Elles chantent de bon cœur, de belle voix et ne s'aperçoivent pas que la porte s'est ouverte sur le directeur. Il n'est pas seul. Deux hommes en uniforme soviétique l'accompagnent, ils ont l'air sévère ; fâché, même.

— Qu'est-ce que c'est, ça ?

Ils parlent en russe. Emma les comprend, sans doute parce que Diana les comprend aussi.

— Pourquoi chantent-elles ça ? Ce n'est pas au programme !

Le directeur semble vouloir se fondre derrière la porte pour s'y cacher.

— Chantez-nous l'hymne de la république socialiste de Lettonie, les filles, s'il vous plaît, dit alors la vieille maîtresse.

Diana sent l'inquiétude dans sa voix, alors elle commence rapidement. Mais Mara ne suit pas. Elle se tait, la bouche serrée. Diana chante plus haut, plus fort, essayant de cacher son amie du regard des officiers russes. Peine perdue.

— Pourquoi ne chante-t-elle pas ? demande le plus grand des deux au directeur.

— Elle est timide.

Le menton haut, Mara le contredit par son attitude et les défie du regard ; le pauvre chef d'établissement est de plus en plus pâle.

— Chante, s'il te plaît, Mara. Chante !

Diana serre la main de son amie, fort, à lui faire mal. Elle a peur. Alors Mara se décide et sa voix les emporte, superbe, dans les aigus, pour le dernier couplet.

« *Sous le drapeau de Lénine, vers le bonheur et la gloire*

Nous marchons avec triomphe sur le chemin d'octobre,

Nous sommes fidèles à la puissance soviétique

Nous sommes prêts à verser le sang pour elle. »

Diana, qui la connaît si bien, perçoit le mépris sous les notes. Elle jette des regards affolés aux officiers, mais ceux-ci, ravis, ne remarquent rien et repartent, satisfaits.

* * *

— Pourquoi ne voulait-elle pas chanter ?

— C'est à cause de sa mère et de... elle détestait les Soviétiques et..., bafouille Diana, comme si elle avait du mal à parler.

— Quoi ? Qu'est-ce qui s'est passé dans sa famille ? J'ai vu un souvenir de Mara dans lequel elle disait que son frère était parti.

— En fait, il n'est pas parti... il a été enlevé. Avec son père et son autre frère.

— Quoi ?

— C'était en 1949, il y a eu de nombreuses arrestations cette année-là et le père de Mara, ainsi que ses fils, ont été raflés par les soldats soviétiques.

Emma est tétanisée. Elle a l'impression soudain qu'une pièce essentielle du puzzle se met en place.

— Ils ont été arrêtés ? Mais pourquoi ?

— Parce que… on ne sait pas exactement en fait, le père de Mara, c'était un professeur à l'université et il exprimait souvent ses opinions sur l'occupation… ça n'était pas apprécié par le gouvernement, pas apprécié du tout.

— Mon professeur d'histoire, il en a parlé en cours. Ils ont été déportés, c'est ça ?

— Oui. En Sibérie sans doute. Mais on ne peut pas être sûrs. En tout cas, une chose est certaine, c'est qu'ils ne sont jamais revenus.

— Mara est née en 1949, non ?

— Oui, en août. Je suis née deux mois plus tard.

— Donc elle n'a jamais connu son père ni ses frères ?

— Non, en effet. Sa mère était partie se reposer parce que le début de sa grossesse était difficile. C'était son troisième bébé, elle commençait à avancer en âge. Elle était à Jurmala, au bord de la mer, dans la maison de vacances de ses parents ; c'est là que veut t'emmener Mara, je pense. Bref, quand son mari a été arrêté, on l'a prévenue, bien sûr, mais elle est arrivée trop tard…

Diana se tait, songeuse.

— C'était mieux en fait, qu'elle ne soit pas arrivée à temps, parce qu'ils l'auraient arrêtée aussi, sans aucun doute.

— Alors qu'elle était enceinte ?

— Oui, bien sûr, ils prenaient tout le monde, toute la famille, même les bébés.

Emma frémit d'horreur. Elle pense à d'autres arrestations, celles des juifs pendant la Seconde Guerre, mais elle n'ose pas demander à Diana de détails pour savoir si c'était pareil. Elle cherchera par elle-même. Elle pense à cette femme, son arrière-grand-mère, qui rentre chez elle pour trouver sa maison vide, son mari disparu, ses fils…

— Quel âge avaient les frères de Mara ?

— Onze ans et sept ans.

Emma ouvre des yeux immenses qui se remplissent très vite de larmes.

Onze ans et sept ans.

Comment est-ce possible ?

12

Les douze nœuds

— Mais où est passée cette petite ! s'énerve Mara, seule à leur table de restaurant.

Elle est descendue depuis dix minutes, légèrement en retard sur leur heure de rendez-vous, mais elle n'a pas trouvé Emma. Elle l'attend en tapotant sur la table, de plus en plus agacée. De plus en plus inquiète. Héloïse lui a laissé un message tout à l'heure, lui demandant de la rappeler avec Emma dès que possible, pour donner des nouvelles. Si elle a déjà perdu la fille de sa fille au bout de vingt-quatre heures, ça va un peu compliquer les relations familiales…

Elle décide de remonter à leur chambre, peut-être s'est-elle endormie ? Il n'y a qu'une heure de décalage, mais c'est une ado et à cet âge, ça dort tout le temps, non ?

* * *

Diana a commandé un deuxième chocolat pour Emma et elle, ainsi qu'un verre de la boisson locale, du *balsam*. Elle le verse dans son chocolat, elle adore ça. Elle n'a pas le cœur à siroter, elle avale sa tasse vite fait, pour se donner un coup de fouet.

— Tu veux qu'on continue à parler ?

— Oui.

— Tu es sûre que ça va aller ?

La jeune fille est terriblement pâle. Peut-être qu'elle pourrait la consoler avec un autre souvenir ? Diana se dit que tout cela n'est pas une si bonne idée. Elle ne comprend pas comment Emma a pu hériter de leur « don », si on peut considérer que c'en est un. Et ça a l'air de la bouleverser complètement.

— Tu te sens mal ?

— Bien sûr que je me sens mal : je viens de découvrir qu'une partie de ma famille a été déportée ! Et ce truc, là, la télépathie, j'aimerais comprendre mais vous ne m'expliquez pas !

— C'est que je ne suis pas sûre…

— Mara dit pareil, mais vous avez déjà vécu ça, non ?

— Oui, oui, en effet. Ça a commencé quand on était petites et ça a duré jusqu'à ce qu'elle parte. Je n'ai jamais vécu ça avec quelqu'un d'autre, mais je me suis renseignée : ma grand-mère dit que c'est un cadeau que Dieu fait aux véritables amies.

— Je ne crois pas en Dieu.

— Alors considère que c'est l'univers qui nous offre quelque chose.

— Mais nous, nous deux, je veux dire, on n'est pas amies.

— Non, certes, mais tu es la petite-fille de Mara, alors peut-être que c'est dans ton sang.

— Ma grand-mère ne m'a jamais parlé de ça…

— Parce que tu l'aurais crue ?

* * *

Emma soupire. Bien sûr qu'elle l'aurait prise pour une folle. D'ailleurs, elle se demande si elle ne l'est pas un peu, elle-même. Pourtant, elle ne peut pas s'ôter de la tête que c'est vrai et elle est incroyablement curieuse de comprendre : c'est l'histoire de sa famille, celle dont Mara l'a privée pour des raisons inconnues, et elle a envie de savoir, d'en connaître plus.

— On continue.

Diana hoche la tête, comme si elle attendait ça.

— Je vais te montrer un souvenir heureux, d'accord ?

Emma sourit, reconnaissante.

— Alors, pour que tu comprennes ce souvenir, il faut que tu saches que les fêtes religieuses comme Noël étaient interdites en Lettonie socialiste ; on ne pouvait plus se réunir pour cette occasion de peur d'être dénoncés, or pour nous, *ziemas saulgrieži*, le solstice d'hiver qui est le 21 décembre, suivi de la fête de Noël, sont des moments très importants. Ce sont les Lettons qui ont inventé le sapin de Noël !

— Je croyais que c'était les Alsaciens…

— Pas du tout, ce sont les Lettons, c'est attesté depuis le XIVe siècle.

Emma hoche la tête, un peu dubitative, mais elle ne veut pas fâcher la vieille dame.

— En tout cas, on dit que lors de cette nuit, la plus longue de l'année, la nature se tourne de l'autre côté alors on essaie de ne pas dormir pour en profiter ! Du coup, pour ne pas rompre avec les traditions et continuer à fêter la nuit de Noël, mes parents avaient appelé ma petite sœur Ieva, qui veut dire Ève en letton : les Soviétiques nous laissaient faire la fête des prénoms et la sainte Ève tombe… le 24 décembre. Du coup, on a réussi comme ça à poursuivre la tradition.

— C'est fou de prénommer sa fille Ève pour cette raison !

— Oh, on n'était pas les seuls ! Il y a des milliers de petites Ieva dans ce pays… Bon, on y va ?

Emma hoche la tête et prend la main de Diana.

* * *

C'est l'hiver, on voit la neige par la fenêtre et Diana a douze ans, on est à la fin de 1964. Emma est dans son corps et elle se sent moins serrée, moins comprimée, comme si son propre corps-esprit avait plus de place dans une Diana de quasiment son âge que dans la Diana de sept ans.

— Tiens la porte, Diana, s'il te plaît !

Janis, l'aîné de la famille, passe avec son violoncelle, suivi de Pēteris, le deuxième frère de Diana, muni de son alto et des pupitres, puis d'Isilda, la troisième de la famille, avec son violon et les partitions. Ils s'installent et commencent à pincer les cordes, ce qui ravit Diana : elle adore la musique, comme tous les membres de sa famille, et ils ne jouent pas souvent tous ensemble, de peur d'attirer l'attention d'un voisin prêt à les dénoncer. Mais ce soir, ils ont le droit, c'est la fête d'Ieva !

— Tu vas chercher le tien ou tu préfères chanter ? demande Janis.

— Je vais chanter avec Mara. Je suis nulle au violon...

— Ne dis pas ça, la sermonne sa mère qui arrive elle aussi avec une immense assiette couverte de *piparkukas*, tu joues tout à fait correctement, c'est simplement que tu préfères la voix aux cordes !

Diana ne répond pas, se contentant de hocher la tête car elle est déjà en train de gober un de ces biscuits en pain d'épice qu'elle adore. Maman a encore fait mille formes différentes cette année, en fabriquant de nouveaux emporte-pièces avec de vieux morceaux de fer-blanc, mais ses préférés à elle sont les ours.

— Où est la reine de la fête ? s'écrie une voix grave depuis l'entrée.

— Elle est cachée ! répond la voix d'Ieva, en provenance de sous le canapé de velours usé.

— Dommage, fait son père en entrant dans la pièce, la barbe encore pleine de flocons de neige, j'avais une surprise pour elle...

Mara est juste derrière, dansant d'un pied sur l'autre, un peu gênée.

— Eh bien, ma belette, qu'est-ce qui t'arrive ? s'étonne Mamiliana, la grand-mère maternelle de Diana, qui s'affaire à une petite table près du feu.

— Maman n'a pas voulu venir...

Mamiliana la regarde avec tendresse. Diana ressent une pointe de jalousie en voyant sa grand-mère aussi attendrie par Mara, mais elle part vite : elle sait combien il est compliqué pour son amie de toujours devoir excuser l'absence de sa mère aux invitations lancées par ses chaleureux parents. Elle aimerait qu'ils cessent de le faire, vu qu'elle ne vient jamais. Ça met son amie mal à l'aise pour rien, mais sa mère dit que c'est la moindre des politesses et qu'il est important que la maman de Mara sache qu'elle sera toujours la bienvenue, même après toutes ces années.

— Ce n'est pas grave, c'est une fête difficile pour elle. On va lui faire un *puzuris* ensemble, si tu veux, ça lui fera plaisir si tu lui offres demain matin.

Mara hoche la tête et elle s'assoit à la petite table avec Diana. Mamiliana leur donne à chacune un fil et une aiguille qu'elles enfilent avant de choisir les brins de paille qui leur permettront de construire les triangles qui servent de bases à de délicates structures en forme de cristal. Un grand *puzuris* tourne déjà au plafond, orné d'une belle plume, projetant ses ombres dansantes aux quatre coins de la pièce. D'après la tradition, il représente l'univers et ses mouvements absorbent l'énergie négative.

— C'est quoi ma surprise ? s'écrie Ieva en sortant la tête de sous le canapé. C'est pas Mara quand même, elle est là tout le temps !

Celle-ci rougit et baisse le nez. Diana pose une main sur la sienne pour la réconforter, ce qui semble fonctionner car son sourire revient.

— Je t'ai ramené... ceci ! fait le père en sortant de derrière son dos un appareil radio.

— Oh papa ! Une Spidola !

Tout le monde s'approche, s'extasie : c'est la première radio de la maison. Elle est petite, en plastique jaune, avec une poignée pour la transporter. Depuis l'arrivée des Russes, le père de Diana, qui était un grand musicien avant, a été contraint de prendre un travail à la VEF, l'usine qui fabrique des radios pour toute l'URSS. La Spidola est leur tout nouveau modèle.

— Comment tu as fait pour en avoir une ?

— Elle est un peu cassée, répond Lars en montrant le côté de la radio, qui a en effet une grosse fêlure, alors Gunther m'a dit de l'emporter pour Noël. Il a dit que je pourrai écouter des concerts à la radio avec vous, faute de les jouer…

Diana entend un brin de tristesse et de nostalgie dans la voix de son père alors elle se lève pour lui faire un gros bisou, immédiatement suivie par Ieva, ravie de son cadeau, et par Janis, Pēteris et Isilda.

— Du calme, les grands, je ne sais pas encore si je vous laisserai l'écouter, fait Ieva en serrant le poste contre elle.

Tandis que ses frères et sa sœur protestent et lancent une attaque de chatouilles sur la chipie pour récupérer la Spidola, Diana revient s'asseoir. Mara est concentrée sur sa structure, guidée par la voix de Mamiliana :

— Là, voilà, tu as fini la terre, explique-t-elle en désignant la partie basse du cristal de paille, tu vas pouvoir la connecter avec le ciel.

Le fil passe dans les pailles de manière à réunir les deux pyramides et Mara fait un nœud pour achever ce premier élément. Elle se lance dans la création du deuxième : il lui en faut cinq petits qu'elle accrochera aux angles d'un plus grand.

— Sais-tu pourquoi on ne fait que deux nœuds dans un *puzuris* ?

— Non.

— C'est comme la vie, un nœud au début, un nœud à la fin. Et s'il y a douze pailles, c'est qu'il y a douze mois dans l'année…

Mara et Diana sourient : Mamiliana leur raconte la même chose chaque année, mais elles aiment ce moment de calme partagé avant que les festivités ne commencent. Ce soir, le calme est largement perturbé par Ieva qui essaie de régler la radio sans grand succès. Seuls des crachotis semblent vouloir sortir de la petite machine. La petite est au bord des larmes, mais Janis résoud l'affaire en se saisissant de la Spidola qu'il règle en un tour de main. Lui aussi travaille à la VEF, quoiqu'il n'ait que seize ans. Mais la réforme scolaire a changé la donne pour les dernières années d'école : elles se font le soir, tandis que la journée se passe à l'usine ou aux champs, selon l'affectation décidée par les autorités.

Un air qu'ils connaissent tous résonne alors dans la pièce : un morceau de Dvorak qu'ils adorent jouer ensemble. Aussitôt, les trois grands se précipitent sur leurs instruments pour jouer avec la radio au grand plaisir de tout le monde. Diana est heureuse et Mara rayonne aussi. Le *puzuris* tournoie au-dessus de leur tête et rien de mal ne peut leur arriver pour cette nuit !

13

Mais pourquoi ?

Il est 20 heures et elle n'est toujours pas là. Elle n'est pas dans son lit, ni dans la salle de bains, comme Mara a pu le constater en passant par la porte qui relie leurs chambres. Elle a fait le tour de l'hôtel, ce qui lui a pris un temps certain au vu du nombre de salons et de recoins qu'il abrite. Elle est repassée trois fois au restaurant et à la réception ; elle doit se rendre à l'évidence, la petite est dehors, sans doute perdue, sans téléphone. À cette heure, tous les magasins sont fermés, peut-être a-t-elle trouvé refuge dans un bar ? Ou un restaurant ? Sauf si…

Mara s'affole, elle n'avait plus ressenti ça depuis des années. Héloïse avait quinze ans, elle avait demandé la permission de 22 heures, pour sa première boum en soirée, il y avait une histoire de garçons... est-ce que c'était déjà Romain ? Non, elle l'avait rencontré au lycée. Le père d'Héloïse, Armand, était en déplacement, elle ne sait plus où, à Paris peut-être ? Il y allait parfois pour rencontrer d'autres directeurs de conservatoires départementaux, comme lui. Mara était entre deux concerts, elle était rentrée pour trois jours. Ils étaient déjà séparés, elle dormait sur le canapé. À minuit, Héloïse n'était toujours pas là, Mara commençait à se ronger les sangs. En 1993, il n'y avait pas de portable, Héloïse n'avait pas laissé le numéro de téléphone de sa copine...

Finalement, après avoir tourné en rond pendant deux heures, elle s'était habillée pour sortir et faire le tour du quartier au cas où et là, sur le palier, si petite et perdue, en larmes, il y avait Héloïse. Le sang de Mara n'avait fait qu'un tour.

— Ma puce, ma chérie, qu'est-ce qui s'est passé ? On t'a fait du mal ?

Elle ne semblait pas blessée, ses vêtements n'étaient pas déchirés, mais elle pleurait, pleurait! Mara l'avait fait rentrer, l'avait assise, entourée d'un plaid et là enfin, elle avait réussi à parler:

—Ni... Nicolas, il a cassé...

Mara avait eu un temps d'arrêt et elle avait éclaté de rire et de soulagement. Héloïse lui en avait voulu pendant des mois.

Est-ce qu'elle pourra lui pardonner d'avoir perdu Emma? Elle ne se le pardonnera pas à elle-même, de toute façon.

Mais pourquoi cette petite n'a-t-elle pas de portable?!

* * *

—Donc Mara était toujours chez vous parce que sa mère ne s'occupait pas bien d'elle, c'est ça?

—Oui, on peut dire ça: en fait, après la déportation de son mari et de ses fils, quand elle est revenue chez elle, Inese, c'est le prénom de la mère de Mara, a connu un grand moment de dépression et mes parents, qui étaient ses voisins, l'ont beaucoup aidée. Lorsque Mara est née, six mois plus tard, et moi juste après, ma mère nous gardait toutes les deux, dans le même berceau. Et après, Inese a trouvé du travail tandis que ma mère restait à la maison alors ça a continué comme ça. Elle ne s'est jamais remariée, elle n'a jamais voulu quitter sa maison. Elle l'avait laissée exactement comme elle était quand son mari et ses fils ont été emmenés. À un moment, les autorités l'ont obligée à prendre des gens chez elles : ils réquisitionnaient les logements, on n'avait droit qu'à une pièce et on partageait la cuisine et la salle de bains. Du coup, les nouveaux occupants, des Russes qu'elle détestait du fait de leur nationalité, se sont installés à l'étage et toutes les deux n'avaient plus que le salon du rez-de-chaussée. Elles devaient partager la cuisine aussi. Malgré tout, ça aurait été largement assez grand pour deux, mais la mère de Mara avait accumulé tout ce qui appartenait à son mari et aux deux garçons dans leur salon devenu chambre et dans le cagibi, c'était dingue. Finalement la famille est repartie et elle a tout réinstallé à l'étage. Jusqu'à la fois suivante… Chaque fois la famille russe partait, une autre arrivait quelques semaines plus tard et ainsi de suite… je crois qu'elle a déménagé et réemménagé l'étage cinq fois ou six fois. Plus ça allait, plus elle était folle. J'ai dormi une fois ou deux chez elles, mais j'avais peur, c'était comme si les frères étaient encore là. Janis et Pēteris avaient le même âge qu'eux et Inese les regardait pendant des heures depuis sa fenêtre, comme si elle voulait les faire disparaître pour les remplacer par ses propres garçons.

—Oui, j'ai vu un souvenir de Mara dans cette maison : c'était juste avant que vous n'arriviez chez elle pour passer la nuit, pour la première fois.

—Je me rappelle bien cette première fois, oui, ça m'avait terrifiée de rester seule dans la chambre de… Pauls, je crois, c'était le petit. Je ne dormais jamais seule à la maison : j'étais avec Ieva. Tu as des frères et sœurs ?

—Non, je suis fille unique. Comme ma mère, et comme Mara.

—C'est amusant, ça…

Diana se tait un peu, elle semble fatiguée, Emma se demande si elle doit lui poser la question qui lui brûle les lèvres et puis, finalement, elle se lance :

— Diana, pourquoi est-ce que vous voulez revoir Mara ? Et pourquoi elle ne veut pas vous parler ?

— Je peux te répondre simplement. Mara était ma meilleure amie, ma seule amie et je ne l'ai pas revue depuis qu'elle est partie en 1969. On a échangé des lettres pendant vingt ans, jusqu'à la chute du mur. On ne pouvait pas se voir, elle ne pouvait pas rentrer, de peur d'être arrêtée et je ne pouvais pas passer à l'Ouest, même si… j'aurais bien voulu, j'ai fait des tournées dans les pays de l'Est pour chanter les premières années. Jusqu'en 1972.

— C'est l'année où Mara a chanté devant le mur !

— Oui, je sais bien…

Le visage de Diana se ferme.

— Et quand le mur est tombé ?

— Elle devait venir en 1990, on était folles de joie toutes les deux à l'idée de se revoir. Je ne vivais que pour ça. Mais elle n'est jamais venue… elle n'a plus répondu à mes lettres, elle ne m'a pas contactée, elle a disparu. Pfuiitt. Depuis trente ans. Et je ne sais pas pourquoi elle ne veut pas me parler, je ne sais pas pourquoi elle n'est pas revenue après la fin du rideau de fer et la libération de la Lettonie. Je ne comprends pas. C'est tout.

— Mais pourquoi est-elle partie en 1969 ?

— Oh ça… il vaut mieux que je te le montre, tu comprendras tout de suite.

* * *

— Ils viennent d'où ?

— De Paris.

— Non, de Nanterre, intervient Vaira.

— C'est loin de Paris ?

— C'est juste à côté.

— Alors ils voient la tour Eiffel ?

— Faudra le leur demander !

Mara, Diana, la dénommée Vaira et deux autres filles pépient dans la cour du lycée français. Elles ont repassé leur chemise blanche, leur foulard rouge, lissé leur jupe et natté soigneusement leurs cheveux.

Emma se sent bizarre dans la tête-corps de Diana : elle a dix-sept ans, sa poitrine est formée, ses hanches plus larges, elle est habituée à ce corps de jeune fille, elle est presque une jeune femme. C'est étrange.

Elles fredonnent l'Internationale qu'elles devront entonner en français dès que les étrangers passeront le portail. Ce sont principalement des hommes, il paraît ! Un orchestre complet d'hommes français venus de Paris, ou d'à côté, c'est pareil, et ce sont elles, les filles de la chorale du lycée français qui vont les accueillir.

— Les voilà !

— Allez les filles, un, deux, trois !

Les voix montent dans le ciel de Riga, ridant les nuages de juin. Dernier mois au lycée, avant le départ définitif pour l'usine. Elles y passent déjà leurs journées, ne revenant que pour les cours du soir. Diana et Mara travaillent à la VEF, comme toute la famille de Diana, elles font des postes de radio et de mini-appareils photo Minox, conçus pour les espions. C'est sans doute la dernière fois qu'elles chantent, toutes.

La délégation française entre dans la cour, ils sont vingt, trente. Ils les dévisagent, ces cinq belles jeunes filles aux joues rouges, au foulard rouge, aux regards vifs. Il y en a un qui n'en regarde qu'une. Ses lèvres brillantes, ses cheveux blonds, presque blancs. Il y en a deux qui le regardent en retour, mine de rien, une blonde et son amie brune, elles se tiennent la main. Celle de Mara tremble un peu, Diana a l'impression qu'elle va s'envoler alors elle la retient et elle observe ce garçon, cet homme qui a capté l'attention de son amie.

Ça lui mord le cœur.

Le souvenir s'arrête.

* * *

—C'était Armand.

—Mon grand-père ? Oh là là, qu'est-ce qu'il était jeune !

—Oui, et beau !

—Mara est tombée amoureuse alors, c'est ça ? C'est pour ça qu'elle est partie ?

—Oui, et aussi parce qu'elle ne voulait pas finir à l'usine, parce qu'elle voulait chanter, parce que sa mère était morte l'année d'avant et qu'elle ne pouvait pas garder la maison. On lui avait bien proposé de venir s'installer chez nous, mais...

Diana s'interrompt, comme si elle hésitait à continuer. Puis elle reprend.

—Oh, je peux bien le dire, ça n'a plus rien d'interdit : elle détestait les Soviétiques, elle ne supportait plus l'oppression, la dictature, ça la rendait folle d'avoir tout perdu à cause d'eux et de devoir, encore et encore, leur obéir. D'autant que la politique de l'époque était de plus en plus dure. Elle voulait être libre. Ça la rongeait.

La vieille dame se tait, elle semble triste.

—Vous n'aviez pas l'air très contente, vous, dans le souvenir..., fait remarquer Emma en tripatouillant sa cuillère.

Elle aimerait bien que Diana lui explique ce qu'elle a ressenti. Une grande jalousie ? Une grande douleur.

— Il faudrait peut-être rentrer à l'hôtel, non ? demande Diana brusquement.

— Je ne sais pas… quelle heure est-il ?

— Vingt heures trente.

— Quoi ? Mais j'ai une heure de retard, Mara va être folle d'inquiétude !

Emma a un doute en le disant. Est-ce que sa grand-mère va vraiment s'en faire pour elle ?

— On y va, je lui expliquerai.

La jeune fille est dubitative : elle pense que l'idée qu'elle ait passé sa soirée avec Diana ne va pas plaire du tout à Mara. Mais après tout, elle a aussi très envie de les voir l'une face à l'autre, pour essayer de faire coïncider les images des deux amies enfants et des deux vieilles dames. Diana paie, elles sortent et le froid les saisit.

— Ne traînons pas.

* * *

Le chemin n'est pas long jusqu'à l'hôtel, mais Diana s'inquiète beaucoup de la réaction de Mara. Elle ne comprend pas pourquoi son amie n'est pas revenue, pourquoi elle ne veut pas la voir, pourquoi elle n'a répondu à aucune lettre depuis trente ans que le mur est tombé. Trente années de silence. Elle a imaginé mille raisons, sans comprendre. Et là, elle va sans doute lui en vouloir de lui ramener sa petite-fille si tard, elle va se fâcher et elle refusera avec d'autant plus de rage de lui parler. Elle aura raté sa chance.

* * *

— Allons au restaurant, j'avais rendez-vous avec elle pour le dîner.

Emma attend Diana qui a un peu de peine à monter les escaliers. Elle est vraiment fatiguée, ça lui saute soudain aux yeux. Mara a l'air plus jeune, elle teint ses cheveux, se tartine de BB cream, garde une ligne et une taille dignes d'une jeune femme, bref, elle fait tout pour cacher son âge et elle y arrive plutôt bien. Mais voilà, elles ont soixante-douze ans toutes les deux, ce sont des vieilles dames. Est-ce qu'elles ressembleront à ça avec Nina plus tard ?

* * *

Quand Emma passe la porte, Mara ressent le même intense soulagement que cette nuit lointaine où Héloïse était apparue sur le palier. Mais son sourire se fige en voyant Diana, derrière. Qu'est-ce qu'elle fait là ? Elle les a suivies, encore, et voilà qu'elle essaie de mettre sa petite-fille de son côté, cette vipère ! Traîtresse, comme ses parents. Elle a une bouffée de haine. Tout est leur faute.

* * *

Mara a l'air en colère, ça va chauffer pour son matricule. Emma visualise une médaille de militaire qui chauffe à blanc et qui brûle la peau. Cette expression est horrible.

* * *

Diana tremble en voyant le regard de Mara se durcir, ses traits se figer. Elle la déteste, ça se voit. Mais pourquoi ?

14

Départ pour la côte

— Qu'est-ce que tu fais là ?

— Je te ramène Emma, elle s'était perdue.

— Et tu l'as trouvée comment ? Tu l'as suivie ?

— Non, c'était un hasard. Mara, je ne suis pas un monstre, je suis juste ton amie, je ne t'ai pas vue depuis cinquante ans et j'ai envie de te parler, c'est tout. J'ai vu ta petite-fille en ville, j'ai parlé avec elle, et voilà. Il n'y a rien d'incroyable, rien de méchant !

Mara serre les lèvres et continue en letton. Emma ne comprend rien mais les mots semblent être des pierres, des cailloux qu'elle lancerait sur Diana.

— *Es zinu, ko izdarīja tavs tēvs, Diāna, un arī tu to zini. Kā tu varēji to nezināt? Es ilgi domāju, kāpēc jūs varējāt paturēt savu māju, kad tavs tēvs strādāja tikairūpnīcā, bet es sapratu! Nodevējs! Briesmīgais nodevējs! Tā ir viņa vaina, jūsu vaina, Galanta. Ja jūsu nebūtu, man būtu bijusi normāla dzīve!*

Diana semble stupéfaite, elle n'a pas l'air de saisir ce que lui a dit Mara. Et puis elle se met à pleurer.

— *Nē taču! Nē, tā nav taisnība! Kā jūs to domājat? Mans tēvs vienmēr gribēja tev tikai labu. Vai zini, kāpēc viņu sauc par nodevēju?*

Emma repère un mot qui revient : *nodevējs*. Elle va essayer de s'en souvenir pour le chercher plus tard... avant de se rappeler pour la millième fois qu'elle n'a plus de portable.

— Viens, on y va. On te fera porter à manger dans ma chambre, dit Mara à sa petite-fille en lui saisissant la main.

— Mais...

— Allez, monte.

Diana proteste en letton, elle essaie de retenir Mara, mais celle-ci se dégage.

— Lâche-moi, je ne veux plus rien avoir à faire avec toi.

* * *

—Demain, je t'achète un portable.

—Quoi, mais... maman ne va pas vouloir...

—Je m'en fiche, il est hors de question que cette situation se reproduise : j'ai eu très peur et je ne pouvais pas te joindre !

—Je suis désolée, Mara, vraiment. Elle m'a raconté plein de choses et je n'ai pas vu le temps passer.

—Je sais ma belette, ce n'est pas ta faute, c'est cette vieille peau. Et c'est une raison de plus pour t'acheter un portable, ça te servira de montre.

—Pourquoi tu lui en veux autant ?

—Ça ne te regarde pas.

Emma se tait, elle ne veut pas fâcher sa grand-mère, dont la pâleur l'inquiète.

—Une pizza, ça te va ? J'appelle le service d'étage.

Après qu'elle a appelé la réception, Mara s'enfonce dans le silence, elle semble toute fermée. Emma est embêtée.

— Tu veux qu'on appelle ta mère ? Elle m'a demandé qu'on lui passe un coup de fil, elle doit s'inquiéter.

— Tu lui as dit que j'étais en retard ?

— Non ! Tu imagines ? Elle serait déjà dans l'avion pour venir. Ne lui dis rien, surtout.

— Je ne lui parle pas du portable non plus, j'imagine ?

— En effet, elle risquerait de ne pas apprécier et je n'ai aucune envie de me rajouter encore une dispute après cette abominable journée.

Emma hoche la tête, elle non plus n'a pas envie d'expliquer tout ça à sa mère.

— Demain, on va à Jurmala, tu vas adorer ! C'est une plage de seize kilomètres, c'est superbe. Avec un peu de chance, on pourra même se baigner !

Emma sourit, mais intérieurement, elle est très triste. Parce que Mara a l'air malheureuse aussi, et que Diana doit rentrer en pleurant chez elle à l'heure qu'il est. Elle n'a même pas pensé à lui demander son adresse…

Quelle horrible situation ! Tout est sa faute, quoi qu'en dise Mara. Emma s'en veut beaucoup.

Au moins, elle pourra parler de tout ça avec Nina demain, cela la rassure un peu.

* * *

Mais pourquoi a-t-elle accepté de revenir dans ce fichu pays ? Accoudée au balcon, sur la terrasse de sa chambre, Mara fume cigarette sur cigarette en regardant le tram passer. Ce sont encore les rames fabriquées sous l'ère soviétique. Tout y est si triste et gris, empreint des traces de l'occupation soviétique comme d'une marque indélébile. Elle aimerait le voir comme Emma, s'extasier sur les maisons colorées, les bâtiments Art nouveau, élégants et si originaux, mais les bâtiments anciens sont écrasés par les immondes mastodontes de l'ère communiste. Dans le parc, il y a de multiples nettoyeurs, des emplois de rien, histoire de ne pas laisser les gens à la rue, mais ça se voit que ces gens sont malheureux, ça pue la pauvreté et les lendemains qui déchantent… elle déteste ce pays, son pays.

Et Diana… cette traîtresse qui fait semblant de ne pas comprendre. Elle l'aimait tant.

Comment a-t-elle pu lui mentir, lui cacher l'ignoble vérité ? Elle n'a pas envie d'y penser, pas envie de ressasser le passé, mais tout ici lui rappelle son enfance, les souvenirs terribles avec sa mère, les doux souvenirs avec les Galanta, ternis, salis, souillés par la trahison qu'elle a découverte.

Et cette pauvre Emma, brave petite, qui cherche à comprendre… comment lui expliquer tout cela sans s'effondrer, sans briser cette armure qu'elle s'est construite depuis ce jour de juin 1969 où elle a quitté la Lettonie ? Jurmala devrait lui plaire, elle pourra au moins lui faire partager quelques bons moments, les rares souvenirs qui n'aient pas été abîmés. Elle a hâte d'y être et de revoir la datcha, la plage, la salle de concert… Oui. Ce sera bien et elle pourra satisfaire la curiosité d'Emma sans replonger dans les gouffres obscurs.

* * *

— Allô maman ?

— Ma chérie ! Il est tard, pourquoi tu n'as pas appelé avant !

— On était au resto, ça a traîné.

— Tu vas bien ? Ça se passe bien ?

— Oui… enfin.

— Quoi ? Mara est gentille avec toi ?

— Bien sûr, adorable !

Un silence au bout du fil laisse entendre les doutes d'Héloïse quant à cette affirmation. Elle va se douter de quelque chose alors Emma tempère un peu son enthousiasme.

— Elle ne veut pas faire grand-chose quand même : on ne peut pas aller voir sa maison d'enfance, elle ne veut pas me montrer son école ni me parler de grand-chose.

— Je t'avais dit que c'était compliqué.

Emma vérifie que Mara est toujours sur le balcon et elle passe dans sa chambre par la porte qui les relie pour essayer de faire parler sa mère.

— Pourquoi elle refuse de voir sa maison d'enfance d'après toi ? Elle a peur qu'elle n'existe plus ?

— Peut-être. Je crois surtout que ce sont de mauvais souvenirs pour elle.

— Elle ne parle pas de ses parents, tu sais ce qu'il s'est passé ?

— Non, je sais juste ce que je t'ai dit, que son père est mort avant sa naissance et sa mère peu avant son départ pour l'Ouest.

— Mais elle n'avait pas des frères ?

— Non, pas à ce que je sache.

— Mais quand même, tu es sûre ?

— Je ne sais pas, Emma ! Arrête de m'embêter, je n'en sais rien. Tu as découvert quelque chose ?

Emma ravale sa salive, elle ne doit pas trop s'aventurer sur ce terrain glissant. Sinon elle devra parler de Diana et de… ce truc bizarre qui les relie. Maman va s'inquiéter, elle en parlera à Mara et Emma ne pourra jamais découvrir comment elle a quitté le pays, ni pourquoi elle est si fâchée contre sa vieille amie et alors là, impossible de les réconcilier.

— Non, je me demande, parce que c'est bizarre quand même tout ça, et dans le guide, ils disent qu'il y a eu 170 000 personnes déportées ici, ils parlent de 1949 alors je m'interroge.

— Ne lui parle pas de ça, s'il te plaît, sauf si elle le fait. Mara est plus fragile qu'elle ne le dit, et je n'ai pas envie qu'elle craque.

— Comment ça ?

— Ta grand-mère est dépressive, elle a de grands moments de creux où elle se sent très mal, et c'est aussi pour ça qu'elle s'est éloignée de nous, papi et moi. Je n'ai pas envie qu'elle se referme comme une huître alors qu'elle accepte enfin de se rapprocher de nous, et surtout de toi.

— Je dois faire quoi ?

— Tu prends ce qu'elle a à te donner, voilà tout. Si elle n'en fait pas plus, ce n'est pas qu'elle ne veut pas, c'est qu'elle ne peut pas. D'accord ?

— Oui.

— Je ne rigole pas, Emma.

— Oui, maman.

— Allez ma puce, profite bien ! Tu auras ton portable sur ton bureau en rentrant, promis.

Emma raccroche, pleine de culpabilité à cause du portable, et de trouble, à cause des révélations sur le caractère dépressif de Mara. Tout ça la dépasse un peu...

Elle aimerait comprendre le passé de sa grand-mère, poser des questions, parler de la déportation du père et des frères de Mara, du comportement de sa mère, des Galanta. Mais

Mara a cadenassé son cœur et sa parole et Emma a promis à sa mère de ne pas brusquer la vieille dame bien plus fragile qu'elle n'en a l'air.

Pourquoi porte-t-elle leur nom si elle les déteste tant ? Pourquoi et comment a-t-elle fui la Lettonie ? Est-ce seulement par amour ? Y a-t-il un autre secret ?

Et puis, elle aimerait la réconcilier avec Diana. Celle-ci attend à Riga un signe de leur part, elle en est certaine. Vont-elles vraiment repartir dimanche matin sans être repassées par la capitale ?

15

Il est trop tard, maintenant

La déception de Mara semble aussi grande que le plaisir d'Emma. Pour cette dernière, la maison est parfaite, une authentique demeure d'époque ! Toute bleue, la maison de bois n'a pas aussi fière allure que sa voisine, une villa rose poudré qui a été entièrement rénovée, mais elle est en bien meilleur état que d'autres habitations alentour. Certaines sont même couvertes de filets verts supposés empêcher les planches de tomber de la façade.

Pour Mara, c'est une ruine qui ne ressemble en rien à son souvenir lumineux de vacances ! Le lierre a envahi la façade et grimpe jusqu'au toit et il va leur falloir fendre une vraie jungle pour atteindre l'entrée.

— C'était la maison de tes grands-parents, c'est ça ? s'exclame la jeune fille, surexcitée.

— Oui, leur maison d'été à l'origine. Avant, ils vivaient à Riga l'hiver, mais quand les Soviétiques sont arrivés, ils ont été expropriés de leur appartement en ville par les autorités. Les Lettons n'avaient plus le droit à deux logements, c'était très mal vu, alors ils sont venus ici. Mon oncle, ma tante et les cousins les ont rejoints quand on leur a imposé de partager leur maison. Comme ma mère, ils n'ont pas eu le choix alors ils ont préféré abandonner leur maison pour partager avec mes grands-parents.

— C'est magnifique en tout cas, je comprends qu'ils aient préféré vivre ici !

— Mais non, regarde, la peinture est écaillée, les volets tombent et les carreaux sont cassés, comment peux-tu trouver ça beau ?

— C'est tellement... vrai ! Je ne savais pas que tu avais une maison ici ! Tu ne m'as jamais parlé de tes grands-parents, c'est génial de découvrir tout ça.

— C'est pour ça que tu as voulu venir en Lettonie, n'est-ce pas ?

— Oui ! Oui ! Pour que tu me montres, que tu me racontes ! Et tu as une maison ici !

Emma est surexcitée, elle pousse le portillon de bois qui manque de lui rester entre les mains.

— Viens, tu as les clés ?

— Oui, bien sûr.

Mara fouille dans son énorme sac à main, en extirpe trois tubes de rouge à lèvres, un livre et finalement un vieux trousseau de clés. La jeune fille sautille, elle n'en peut plus. Le chauffeur de taxi attend pour décharger leurs valises, bien plus patient qu'Emma. Il a eu quelques billets supplémentaires et il est enchanté de cette course depuis Riga qui lui fait sa journée. La porte est dure à ouvrir, le bois a joué avec les années et le chauffeur doit venir les aider en poussant la porte de l'épaule. À l'intérieur, ça sent la poussière et le renfermé.

— Vous êtes sûres que vous voulez rester ici ? demande l'homme en anglais.

— Non, vous avez raison, nous allons dormir à l'hôtel, répond Mara. Au *Parus Boutique*. Il est ouvert ?

— Oui, je pense.

— J'ai toujours rêvé d'y dormir ! Tu vas voir, c'est aussi une maison en bois, mais sans les punaises.

— Quoi ? Mais non, Mara, on sera mieux ici !

— Je ne suis même pas certaine qu'on trouve un lit. Mais ne t'en fais pas, on va juste poser les valises et on revient cet après-midi.

Mara sourit, elle a l'air curieuse d'explorer l'endroit, pas autant qu'Emma, mais en tout cas, elle ne la sent pas tendue ou anxieuse comme à Riga alors elle cède de bon cœur et elles remontent dans le taxi pour rejoindre l'hôtel. Le taxi les dépose cinq minutes plus tard devant un bâtiment pimpant, bleu et blanc, tout de bois. Des drapeaux multicolores, un joli toit en cloche, des fleurs partout, c'est très joli. À la réception, les hôtes leur proposent un appartement en duplex.

— On partage, cette fois ? demande Mara.

— Tu veux bien ? se réjouit Emma.

— Oui, comme ça, je peux te garder à l'œil !

— De toute façon, j'ai ça maintenant, s'exclame la jeune fille, enchantée, en exhibant un portable flambant neuf que Mara lui a acheté en ville avant de venir.

Elle a hâte de le régler pour appeler Nina, mais quand elle arrive dans la chambre, elle passe d'abord un quart d'heure à tout regarder : la salle de bains au charme ancien avec ses carreaux bleu pastel, l'escalier qui mène à sa chambre à elle, sous les combles, la cuisine.

— On va pouvoir faire nos propres repas !

— Ou aller au restaurant, c'est très bien aussi, tempère Mara.

— Tu ne penses jamais à faire des économies ?

— Pour quoi faire ? J'ai de l'argent, j'en profite. Et je ne sais pas cuisiner.

Emma se retient de faire une remarque. Elle commence à apprécier le service d'étage !

— Vas-y, parle, je voudrais bien savoir ce que tu as dans la tête, la pousse Mara. Je commence à connaître ton air quand tu ne dis pas ce que tu penses.

— Je ne veux pas te vexer.

— C'est une bonne chose. Mais je veux bien répondre à tes questions si ce n'est pas trop indiscret.

— Eh bien… je me demandais si ton goût pour le luxe venait de ton enfance… je me dis que ça t'a tellement manqué que tu rattrapes.

Mara se tait.

— Oui. Tu as raison. Tu devines bien. Quand je suis arrivée en France, tu ne peux pas imaginer ce que ça m'a fait. C'était incroyable, je voulais tout ! Mais je n'avais pas un sou en poche, c'est Armand qui payait tout. Alors je me suis promis qu'un jour, je serais riche et que je m'offrirais tout ce que je voulais sans me poser de questions.

— Et tu as réussi.

— Oui, plutôt bien, se pavane Mara en riant. Armand n'a jamais compris ça, ta mère non plus. Je suis contente que tu sois capable de le saisir, toi.

Emma hoche la tête. Elle le comprend, mais elle n'est pas foncièrement d'accord. Toutes ces dépenses l'amusent, mais elle les trouve inconsidérées. Mara pourrait utiliser son argent à bien d'autres choses plus utiles, à son avis. Sauf qu'elle ne va pas le lui dire, parce que pour l'instant, ça l'amuse beaucoup de jouer à être une star en vacances.

— Ça t'embête si je passe quelques coups de fil ? demande sa grand-mère.

— Pas du tout, j'ai envie d'appeler Nina !

— Je t'ai pris un forfait international, tu peux y aller.

Emma rit de bonheur ; décidément, la vie de riche, c'est quand même la classe.

* * *

J'ai de nouveau un portable !

…

Je peux même t'appeler si je veux !

…

Crédit illimité !

…

Nina ?

…

Bipe-moi quand tu veux…

…

Tu me manques.

...

BFForever.

* * *

Mara et Emma sont allongées dans des chaises longues, enveloppées dans des paréos pour se protéger du vent frais. Le jardin du *Parus Boutique* est très agréable, il y a des rosiers, des tonnelles, les oiseaux gazouillent et le soleil, quoique timide, leur réchauffe les bras. Mara a tempéré l'ardeur d'Emma quant à la maison de bois, elle lui a promis d'y aller à 15 heures, après un moment de repos et de digestion.

— La vie d'une chanteuse d'opéra nécessite une grande discipline, tu sais : se lever tôt pour travailler quand on est en répétition, mais aussi se reposer beaucoup, surtout pour les nerfs, on travaille beaucoup avec le mental et là, j'ai besoin de me ressourcer.

La jeune fille, soucieuse de son bien-être, respecte les désirs de la vieille dame, alors elles paressent comme deux riches touristes et Emma a l'impression d'être une figure de magazine avec son chapeau aux larges bords, trouvé dans la boutique de l'hôtel. Munie de son iPhone, elle lit des articles sur Mara. Celle-ci ne fait rien d'autre que d'observer les arbres derrière ses lunettes noires ; elle se repose.

Une phrase dans *Opéra mag* fait bondir Emma, alors, après avoir vérifié que Mara ne s'est pas assoupie, elle lui demande :

— Tu as vraiment dit ça : « La vie ne commence pas avant quarante ans » ?

— Mais non ! C'est stupide…

— C'est écrit là, dit Emma en montrant l'interview.

— Tu sais, les journalistes disent n'importe quoi. Je ne les relis jamais, d'habitude c'est mon secrétaire qui s'en charge. Mais il m'a laissée tomber comme une vieille chaussette pour une histoire d'amour.

— Celui-là, oui… les autres, tu les as virés !

— Mais non ! D'où tu tiens ça ?

— C'est papa qui le dit.

— Quel crétin ton père, il est peut-être doué avec les blaireaux et les gloutons, mais avec les femmes, quel balourd !

Emma sourit, elle reconnaît bien sa grand-mère et son caractère taillé au couteau.

— Mais tu lis les critiques ou tu t'en fiches ?

— Je ne lis que quelques rares critiques, parce qu'il y a très peu de personnes qui aient suffisamment de culture musicale et de vécu pour avoir un avis intéressant. Et puis, à moins d'être un grand connaisseur, un homme ou une femme sérieusement de bonne foi n'accepterait jamais de se faire critique de quelqu'un d'autre en l'écoutant juste l'espace d'une soirée.

La vieille dame se redresse pour regarder Emma, elle s'emporte dans ses paroles et sa petite-fille l'observe, étonnée de tout ce qu'elle lui dévoile. Héloïse avait raison, on dirait une huître qui s'ouvre, et dedans… il y a une perle !

— Tu imagines ? Un artiste qui a travaillé pendant des années et des années, non pas seul, mais avec beaucoup d'autres, tout le temps d'une vie… et en une seule soirée, un type arrive et dit

« c'est bien » ou « c'est mal »... ça ne peut pas être une bonne critique ! Et peut-être qu'il a mal à la tête, peut-être il a eu des soucis chez lui, peut-être il a mal dîné ! En plus, il y a des envieux... Ceux-là, je les connais bien, ils pensent : « Cette bête femme, elle gagne tellement d'argent, tout ça en ouvrant la bouche. » Parfois je suis troublée par leur mauvaise foi.

Mara agite les mains, comme si elle voulait chasser des mouches.

— Mais tu fais ton autocritique, toi, je t'ai déjà entendue dire que tu avais mal chanté.

— Bien sûr ! Et même, je vois toujours les mauvaises choses. Il paraît, on le dit, que c'est le propre des gens qui ont beaucoup de cervelle, alors moi, j'en ai sans doute bien trop...

Mara rit. Emma aussi, elle voit bien ce qu'elle veut dire, elle qui a aussi tendance à ne voir que ce qu'elle rate. Sa grand-mère poursuit.

— On m'a appris le chant comme ça, à la dure ; mon premier professeur de chant, à Paris, il me disait : « Ne pensez pas aux choses jolies, aux passages jolis que vous faites, ils sont là, ils n'ont pas besoin que vous les considériez. Pensez surtout aux défauts qu'il faut corriger», mais cela peut devenir un cercle vicieux car on ne pense plus qu'à ça et on devient malade, on est paralysé, on ruine les jolies choses pour ne penser qu'aux mauvaises. Il faut donc écouter aussi les bonnes critiques!

Un serveur les interrompt, il leur apporte du café et une grande limonade.

—Je te ferais bien goûter du jus de bouleau, c'est une sorte de vin pétillant. Ce n'est pas très fort, tu pourrais en boire!

—Je n'aime pas l'alcool, ça sent comme le vernis.

Mara rit, elle semble heureuse, détendue. Elle reprend le fil de sa pensée, soudain, et Emma est aux anges, elle a l'impression d'être privilégiée après avoir lu tant de choses sur cette grand-mère dont la célébrité ne la touchait pas, jusque-là.

—Les plus grandes et méchantes critiques viennent de nous-mêmes. Il y a des artistes qui se croient grands, mais pas moi, je pense que c'est le destin qui m'a portée là. Avec rien d'autre que mon monde particulier, je suis devenue ce que les journalistes disent de moi, fameuse… mais évidemment, ça effraie car ils m'ont donné une situation splendide, unique au monde, mais qui est trop haute. Là-haut, en fait, on est très seul et quand, à un moment on tombe, la chute est très grande.

— Tu n'as jamais chuté ! Si ?

— Bien sûr que si… de nombreuses fois. Mais il y a des choses dont on ne peut pas parler avec des jeunes gens, ils ne peuvent pas l'entendre. Ils n'aiment pas les conseils d'une vieille dame.

— Moi si, j'aime tes conseils. Ils m'intéressent.

Mara sourit, elle retire ses lunettes noires et Emma constate à ses yeux brillants qu'elle est émue.

— Je suis désolée alors, parce que je suis très fataliste, et que je dois te paraître triste. Mais tu sais, le destin est là implacable, il peut te donner de grandes choses mais aussi de grands coups. La gloire me fait peur car je sais qu'elle n'est pas naturelle. Et puis les gens croient qu'être favorisée par le destin suppose qu'on ne travaille pas, mais bien au contraire, il faut le prendre par les cheveux ! Il ne faut pas avoir peur de se dépenser, d'être soi-même. Qui a peur ne peut pas arriver haut.

— Toi, tu es arrivée très haut !

— Oui… Je suis très reconnaissante au destin de m'avoir portée à cette position, surtout de m'avoir donné la possibilité de laisser couler mes sentiments hors de moi grâce à la musique, et de le donner aux autres. Il y a des gens qui n'ont pas cette possibilité et ils souffrent parce qu'ils ne se sentent pas compris, ils n'ont pas la possibilité de laisser aller tous ces sentiments, moi j'ai eu la chance de le faire et de devenir célèbre avec.

— J'aimerais réussir ce que tu dis, avec le dessin, « laisser couler mes sentiments hors de moi ».

— Alors tu dois dessiner le plus possible, tous les jours. Tu dois comprendre que servir l'art est très difficile et que plus on cherche à le faire, plus cela est difficile, et parfois, on se sent très très petit, surtout parce qu'on est humain et avec un instrument humain, on ne peut faire que des petits pas, mais si on tient, si on persévère, on y arrive. Tout ça, ce n'est que des nerfs au final… C'est peut-être pour ça que j'ai mauvais caractère.

Le regard de Mara se perd au loin, Emma n'ose rien dire parce qu'elle le pense, bien sûr, qu'elle a mauvais caractère. Comment lui mentir ? La vieille dame la regarde alors avec un sourire.

— Tu es une bonne fille, tu ne me flattes pas, mais tu ne m'enfonces pas non plus. J'apprécie ça, chez toi. Tout le monde se croit malin, en te voyant, de te faire des compliments et je n'aime pas ça, être traitée en artiste. J'apprécie la courtoisie, mais pas l'obséquiosité.

Mara se tait, elle réfléchit. Et puis, d'une voix dont la tristesse semble couvrir chaque mot d'un voile gris, elle conclut.

— Et en même temps, quand on me dit que je ne suis pas capable, je me fâche, j'ai conscience d'avoir beaucoup d'amour-propre, trop. Je suis très vulnérable là-dessus, je peux devenir méchante. Je le sais bien… Je le regrette, mais je n'arrive pas à changer ça. Et je me dis qu'il est trop tard, maintenant.

16

On ne sait jamais

Elles sont de nouveau dans le taxi pour aller à la datcha, Emma vérifie son téléphone toutes les minutes : Nina ne répond pas à ses SMS, ça l'inquiète. Elle réagit toujours au quart de tour, d'habitude, surtout en vacances… Ses parents travaillent tous les deux à la vigne, alors elle reste seule, la plupart du temps en journée. Comme Emma, elle est fille unique et plutôt solitaire.

Nina, ça va ?

…

Je m'inquiète

…

Réponds, STP.

Elle cherche ce qu'elle a bien pu faire de mal. Nina a-t-elle mal pris qu'elle ne réponde pas à son « je t'aime » ? Emma ne sait toujours pas quoi en faire, de ce mot. Elle l'aime aussi, bien sûr, mais l'avouer, est-ce ouvrir la porte à d'autres choses, des ombres angoissantes faites de mains moites et de baisers, et… non. Emma n'a aucune envie de ça, avec quiconque. Elle retourne tout dans sa tête : elle n'a jamais aimé le corps des garçons, elle est bien plus sensible aux courbes de nuque des filles, à leurs hanches et à leurs mains fines. Mais de là à s'imaginer avoir une relation physique ? Cela la met mal à l'aise. Est-ce que reconnaître qu'elle préfère les silhouettes des filles aux corps des garçons s'associe nécessairement à la question du sexe ?

Ne peut-on pas être simplement amour-amie sans être amour-amante ?

* * *

Mara s'impatiente.

—Emma ! On est arrivées !

Cette petite est parfois étrange, tout de même… elle insiste depuis ce matin pour retourner voir la maison, et là, elle ne descend même pas du taxi quand il s'arrête. Elle doit être soucieuse. Mais pourquoi ? Est-ce à cause de ce qu'elle lui a dit tout à l'heure ? Ou autre chose. Un garçon peut-être ? C'est bien l'âge. Elle devrait l'interroger pour apprendre à la connaître, mais comment s'y prendre ? Elle ne parle jamais d'elle.

Mara l'aime de plus en plus en tout cas, elle apprécie sa finesse et sa gentillesse délicate. Elle s'amuse aussi de ses piques, affûtées comme des couteaux et qui touchent juste. Elle a de l'esprit et de la repartie, comme elle à son âge. Voudra-t-elle retenter de partager un souvenir dans la maison ? Lequel alors ?

Tandis qu'elles entrent dans le jardin, Mara se prépare. Elle sait quoi lui montrer pour ne pas avoir à s'aventurer sur des chemins douloureux. Ses souvenirs ici sont lumineux, pour la plupart.

—Je venais ici tous les étés, pendant les vacances et aussi souvent dans l'année, quand ma mère ou les voisins ne pouvaient pas me garder.

—Vous aviez le droit de faire ça ?

—Bien sûr ! Il faut que tu comprennes que l'URSS avait à cœur de montrer que ses habitants étaient heureux et qu'ils avaient une vie enviable pour les gens de l'Ouest, dont la vie était pourrie par le capitalisme. D'après la propagande, tout était agréable aux bons travailleurs : une répartition juste des biens, l'égalité de traitement et l'assurance que chacun aurait les mêmes droits, raconte Mara en avançant dans l'allée herbeuse. Loisirs, activités, soins…, etc. Du coup, c'était très important que les gens partent en vacances, surtout au bord de la mer ou à la campagne pour les citadins, comme ça se faisait à l'Ouest. On n'avait pas plus à manger pour autant, mais on faisait la queue dans les magasins des stations balnéaires plutôt qu'au marché central… Et ici, ils avaient un jardin plus grand, avec un vrai potager. Mon papi pêchait et on ramassait des coquillages aussi, ça améliorait le quotidien.

Elles sont sur le perron, troué par endroits, moussu et glissant. Mara récupère la clé dans son sac.

— C'était le temps des cueillettes dans les bois, champignons, fruits sauvages et confitures, conserves, tartes et autres grands bonheurs. J'avais mes cousins et... saleté de porte, je n'arrive pas à l'ouvrir.

— Attends, pousse-toi.

Emma force comme l'a fait le chauffeur de taxi l'autre fois et ça marche.

— Depuis quand il n'y a personne ici ?

— Bah, depuis une vingtaine d'années, je pense. Mes grands-parents sont morts dans les années 80, mon oncle et ma tante au début des années 2000 et mes cousins avaient déjà émigré en Finlande pour l'un et au Canada pour l'autre, des années avant. La maison est inoccupée depuis tout ce temps.

— Du coup, personne n'est plus venu depuis vingt ans ? Même pas en vacances ?

— Non, apparemment.

— Tu as encore des nouvelles d'eux ? Tes cousins ?

— Oui. Enfin, plus trop. Avant, je leur envoyais de l'argent alors ils me remerciaient. Mais maintenant, ils n'en ont plus besoin.

— C'est ingrat, s'exclame Emma, indignée.

Mara la regarde, surprise.

— Non. C'est pour ça qu'ils m'ont laissé la maison. Ils n'en voulaient pas et ça leur permettait de compenser un peu. Il faut dire aussi que je n'ai fait aucun effort, c'est ma faute. Ils m'ont invitée, souvent. Et puis ils ont fini par arrêter. Après les obsèques de leurs parents. Je n'y suis pas allée, peut-être qu'ils m'en veulent.

— Pourquoi tu ne veux pas les revoir ?

Mara se tait. Elle pensait pourtant éviter les questions qui démangent.

— Viens, on va dans la cuisine. L'escalier me paraît trop vermoulu pour qu'on monte à l'étage.

* * *

Emma sait quand il ne faut pas insister. Elle a cet air-là, de peur et de gêne mêlées. Mais quand même, que c'est étrange tout ça ! Elle n'a jamais parlé de sa famille et voilà qu'elle a des cousins. Sans doute sont-ils vieux maintenant, comme elle ? Et peut-être qu'ils ont eu des enfants et des petits-enfants. Emma a sans doute de lointains cousins et cousines en Finlande et au Canada et elle n'en savait rien. Et cette générosité de Mara, c'est à la fois étonnant et logique. Elle aime donner, elle achète sans cesse des cadeaux à sa fille alors qu'elle ne la voit presque pas, et elle lui offre à elle une semaine de vacances comme ça, parce qu'elle veut lui faire plaisir. Elle a toujours eu de somptueux cadeaux à Noël. Jamais à son anniversaire, mais sans doute parce qu'elle ne se rappelle pas la date et que son secrétaire le faisait à sa place. Et pour la Sainte-Emma, toujours des chocolats, envoyés par la poste, toujours par le secrétaire qui écrivait la carte : « De la part de ta grand-mère, bonne fête. »

Elle compense son absence. Ou alors c'est sa manière d'être présente. Parce qu'elle ne peut pas faire plus.

* * *

Mara retrousse le nez. La maison est vraiment sale et poussiéreuse, abîmée, c'est un crève-cœur. Les meubles sont couverts de draps jaunis par le temps et le soleil qui filtre par les volets cassés. La cuisine n'a plus d'autre odeur que celle du renfermé et des souris se cachent sous les meubles à leur arrivée. Il y a des crottes de rongeurs partout. Ils ont même grignoté les rideaux qui pendent tristement devant les carreaux ternis. Des casseroles au plafond, des couverts dans les tiroirs, le service bleu dans le vaisselier, tout y est.

— Personne n'est venu squatter, c'est au moins ça ! s'exclame Emma.

— C'est normal, les gens respectent les maisons. Et ici, on ne sait jamais si quelqu'un ne va pas revenir.

— Comment ça ?

Et voilà qu'elle retombe dans l'ornière ; comment lui expliquer que chaque famille a attendu pendant des années qu'un déporté revienne de Sibérie ou qu'un exilé puisse reposer le pied dans son pays… On ne perdait jamais espoir. On entendait des histoires comme quoi le fils de Mme Machin était rentré après dix ans au goulag, que la sœur de M. Truc était toujours vivante, qu'elle était installée à Vladivostock…

Alors les gens attendaient, gardant toujours un peu d'espoir.

Comme Diana l'a attendue d'après ce qu'elle dit. Est-ce vraiment le cas ? Cela la torture. Se peut-il qu'elle l'ait attendue tout ce temps ? Et pourquoi, elle qui l'a trahie ? Mara a envie de pleurer. Emma, fine mouche, change de sujet.

— Tu voudrais bien me montrer comment c'était ?

— Oui ! Bien sûr !

Voilà, elle va pouvoir chasser ses pensées et les remplacer par un souvenir chaleureux auquel elle repense sans cesse depuis hier, pour se rappeler chaque détail afin de les montrer à Emma. Elles retirent les draps des chaises et s'assoient, après avoir chassé les faucheux qui se tortillent.

— On y va ? Tu vas voir, c'est un chouette moment !

* * *

Elles se prennent les mains et plongent dans le souvenir.

Mara a dix ans, et Emma se sent immédiatement à l'aise dans son corps-tête, contrairement à ceux de Diana. Elle est de plus en plus capable de trier ses sensations et d'« habiter » le souvenir : les odeurs, les couleurs. Sentir les bras, les jambes, les cheveux de Mara sur sa nuque, en lourdes tresses blond paille et une couronne de fleurs sur la tête. Sa grand-mère lui laisse la place, comme si elle partageait son espace intérieur pour quelques instants.

Ça sent le feu dehors. Elles sont dans la cuisine, mais elle n'a rien à voir avec ce qu'elle est devenue : les fenêtres sont grandes ouvertes, ainsi que la porte vitrée sur le jardin, des gens entrent et sortent, ils portent tous des couronnes, de fleurs pour les femmes, de feuilles et de branches pour les hommes. Ils sont bien habillés, tous, et ils sourient.

— C'est enfin Ligo ! s'exclame Mara, petite.

* * *

Ligo, la fête du solstice d'été ! On chante, on danse, les garçons sautent par-dessus le feu de joie en essayant de ne pas roussir leur pantalon, on mange du fromage aux graines de carvi, rond comme le soleil, des galettes de viande, des tartes au seigle et la bière coule à flots. Mamie a fait des réserves depuis des semaines pour que rien ne manque aujourd'hui ! Avec mes cousins, on a passé de longues journées à ramasser et assembler des branches de bouleau blanc, de chêne noueux et de sorbier souple pour décorer les portes et les clôtures du jardin. Cela apporte de l'énergie de ramasser des fleurs et des branches. Plus il y a de variété, plus on aura d'énergie jusqu'au solstice suivant. Les gens d'ici vivent réellement avec la nature.

— Tu veux bien porter des pichets aux hommes dehors, marouchka chérie ?

Je suis fière de la confiance de ma grand-mère, alors je prends deux cruchons de terre remplis de bière blonde pour les donner à mon papi, qui entretient le feu. Mon oncle discute avec les voisins, les cousins s'entraînent à sauter, tout le monde est heureux et oublie les tracas.

Tout à l'heure, nous irons nous baigner, en famille. Ma mère n'est pas là, elle travaille à Riga et elle n'est pas venue participer aux festivités, à mon grand soulagement. J'ai toujours peur qu'elle ne vienne gâcher ce moment joyeux avec sa mine triste, ses ruminations et ses paroles moisies.

Mon grand-père me remercie avec une grosse bise et je retourne en cuisine aider ma tante et mamie à garnir les tartelettes de rhubarbe et d'autres de fraises du jardin. Avec Romans, mon cousin, on en a trouvé une immense quantité dans les parterres ; on s'en est gavés mais il y en avait tant qu'il en reste bien assez pour deux magnifiques tartes !

— Tu voudras bien chanter pour nous, Mara ? demande ma tante.

— Oui ! J'ai appris de nouveaux *dainas*.

— Avec les Galanta ?

— Oui !

— Ce sont vraiment des gens merveilleux, tu as de la chance, Mara, cela me rassure de savoir qu'ils sont là pour toi.

Je souris de toutes mes dents et me mets à chanter.

* * *

— Merci Mara ! C'était un très beau souvenir… ta grand-mère avait l'air très gentille et aussi les autres ! Vous faisiez cette fête chaque année ?

Mara perd son sourire. D'une voix empreinte d'une immense mélancolie, elle répond :

— L'année d'après, en 1960, la fête d'été a été interdite par le nouveau président du parti, Pelče. C'était la dernière fois que je la faisais…

17

Le cœur sous la poussière

Le silence entre elles est pesant. Il y a beaucoup trop de secrets et de douleur. Comment réagir à tant de souffrance ? Emma a eu une enfance heureuse, dans un pays qui, s'il ne respecte pas toujours les droits de l'homme, n'a cependant rien à voir avec une dictature comme celle qui a régné ici.

Les questions qu'elles se posent remontent. Elle devine que Mara a fui sa mère, sans doute, mais que s'est-il passé avec les Galanta ?

Diana n'en a rien dit quand elle a partagé son souvenir sur l'arrivée d'Armand avec l'orchestre de Nanterre.

Peut-être, en tournant bien ses questions ?

— Mara ?

— Mmh mmh.

— Tu as chanté depuis toute petite ?

— Oui, j'étais un vrai pinson d'après ma grand-mère. Elle dit que je gazouillais déjà au berceau.

— Elle te gardait quand tu étais bébé ?

— Oui, parfois, mais ce n'était pas si simple. Elle travaillait, comme mon grand-père. Ils étaient tailleurs, tous les deux. Je crois qu'ils étaient réputés avant l'occupation. Après, eh bien, ils ont fait comme ils ont pu, avec ce qu'ils avaient. Mon grand-père avait un don pour transformer les rideaux en costume trois-pièces et ma grand-mère faisait des chaussettes très prisées au marché central et elle brodait magnifiquement. Une année, elle n'avait plus de tissu, alors elle a filé des orties, je me rappelle. Ses mains étaient rouges et abîmées à force de cueillir les orties et séparer les feuilles des tiges.

— Et… ta mère ?

Mara se tait, un peu, puis reprend, avec un soupir :

— Elle travaillait à la poste. Un jour, elle m'a dit qu'elle me gardait au travail, sous son bureau, elle me mettait dans une caisse de bois avec des journaux pour me caler. Mais je ne sais pas si c'est vrai. Le reste du temps, je venais ici.

Un silence.

—Il faut que tu comprennes quelque chose à propos d'elle : c'était une femme qui avait été jolie, intelligente, vive et heureuse. Et puis, quand… quand je suis née, elle avait changé, elle n'était plus que l'ombre d'elle-même et je n'ai jamais connu cette personne gaie et souriante que me décrivait mon oncle. Elle était terne comme un jour de pluie et peu à peu, au fur et à mesure des années, elle est devenue méchante. Elle s'est aigrie. Au début, je croyais que c'était à cause de moi, j'ai beaucoup souffert, j'essayais d'être gentille, de lui apporter de la joie, mais plus je chantais, plus je souriais pour lui plaire, plus elle se renfermait.

La voix de Mara se brise et des larmes coulent sur ses joues. Emma la prend dans ses bras, doucement. La vieille dame se raidit d'abord, puis se laisse aller, mollement, pleurant sans un bruit.

—Est-ce que tu veux bien me dire pourquoi elle était si dure ? murmure Emma.

— C'est… c'est mon père, mes frères ; alors qu'elle était enceinte de moi, sa grossesse était fatigante, ma mère est venue ici passer du temps avec sa propre mère. Et un jour, on l'a prévenue qu'un malheur était arrivé. Les Soviétiques avaient arrêté son mari, pour l'envoyer au goulag, en Sibérie, parce qu'il avait exprimé des critiques sur Staline et la russification. Ils sont venus en pleine nuit et ils l'ont pris lui et ils ont aussi emmené mes grands frères. Après ça, elle s'est éteinte. Et moi, je ne pouvais rien faire pour changer ça, je ne pouvais pas les remplacer ! J'ai fini par la détester quand j'ai compris, parce qu'elle ne m'aimait pas, qu'elle préférait ses souvenirs et aussi parce qu'elle m'en avait privée.

— De quoi ?

— De mon histoire ! De tout ce qu'était mon père, mes frères : elle ne répondait jamais à mes questions sur eux, on vivait dans leurs objets, dans leurs affaires mais elle ne me parlait pas d'eux, c'est comme si je n'avais pas le droit de savoir, comme si ça n'appartenait qu'à elle… Moi, j'aurais tellement voulu savoir comment était mon père, comment étaient mes frères ;

ils avaient sept ans et onze ans… tu te rends compte ?!

Mara redresse la tête, cherchant sur le visage d'Emma une réaction de stupeur. Mais la petite n'est pas surprise, et pour cause.

— Diana te l'avait déjà dit… non ?

Emma hoche la tête, penaude.

— Pourquoi tu ne m'en as pas parlé depuis hier ?

— Tu… tu n'as pas envie d'évoquer tout ça, je le vois bien, je ne savais pas comment te dire…

Le visage de Mara se referme, elle s'extirpe des bras d'Emma et se lève en lissant ses vêtements. Elle reprend son sac à main sur la table poussiéreuse.

— Mais… mais tu fais quoi ?

— Eh bien, puisque tu sais déjà tout, je ne vais pas continuer à m'épancher ainsi, c'est ridicule.

Emma ne sait pas quoi dire.

— On va regarder un peu dans le bureau de grand-père si on peut trouver des documents sur la maison afin que je puisse la réclamer au cadastre et la faire raser. Je vendrai le terrain un bon prix, ça vous fera de l'argent à Héloïse et toi.

Emma est stupéfaite.

— Ne me regarde pas comme ça ! Elle est à moi, cette maison, à moi seule ! Si tu t'inquiètes pour mes cousins, ne t'en fais pas, je leur donnerai leur part. De toute façon, ils ne reviendront jamais, ils me l'ont dit.

— Non ! Non, tu ne peux pas faire ça, c'est trop triste.

Mara pince les lèvres.

— Et que veux-tu que je fasse ?

— Fais-la rénover, on reviendra avec maman, tu ne crois pas ?

— Peut-être. Je ne sais pas. Cherchons les actes de propriété.

* * *

Le bureau du grand-père a l'air tout aussi abandonné que le reste de la maison. Tout est rangé, cependant. Mara ôte le drap qui recouvre le secrétaire d'un geste sec, faisant danser la poussière dans les rayons de soleil qui percent. Elles toussent.

— Pfff, c'est pire que je ne l'imaginais… Allez, finissons-en. Tu fais les tiroirs de gauche ? Je m'occupe de ceux-ci, ordonne Mara.

— Je cherche quoi ?

— Un dossier. Normalement c'est ici. Mes cousins m'ont dit qu'ils avaient tout laissé dans le bureau.

— On a quand même de la chance que personne ne soit venu fouiller dans la maison.

Emma sort des tas de papiers des tiroirs. Des feuilles de compte, des courriers, des factures... rien qui ressemble à un titre de propriété. De son côté, Mara a trouvé le même type de documents. Soudain, elle ouvre une chemise bourrée de photos.

— Ooh, fait Emma. Génial !

Mais Mara referme la chemise.

— Tu ne veux pas regarder ?

— Pas maintenant, ça fait un peu beaucoup pour aujourd'hui, si ça ne te dérange pas.

La question n'en est pas vraiment une alors Emma n'insiste pas, tout en vérifiant que Mara met bien de côté les photos dans son sac. Elles finissent de tout vider, sans succès.

— Et là ? demande Emma en désignant le tiroir central.

— Il est fermé à clé.

— On va forcer un peu, le bois est tout abîmé.

Ni une ni deux, Emma secoue le tiroir si fort que la poignée finit par lui rester dans la main.

— Ah ben bravo ! se moque Mara.

La jeune fille ne s'avoue pas vaincue, elle tord un trombone trouvé sur le secrétaire et crochète la serrure par le trou qu'a laissé la poignée.

— Ma parole, tu es une vraie cambrioleuse !

Emma rougit, gênée, mais sa grand-mère semble plus amusée que réprobatrice. Et son visage s'éclaire quand le tiroir s'ouvre en révélant un dossier en cuir noir, un peu verdâtre aux coins.

— Ah ! Le voilà !

Emma s'en saisit : ce sont bien les titres de propriété. Mara veut les lui prendre, mais la jeune fille ne les lâche pas.

— Quoi ?

— Promets-moi que tu ne feras pas raser la maison !

— Mais…

— Mara, s'il te plaît. Laisse-moi venir au moins une fois avec Héloïse avant…

— Pourquoi ça te tient tant à cœur ? Je ne comprends pas, Emma. Pourquoi as-tu voulu venir ici et pourquoi tu tiens tant que ça à déterrer les vieux souvenirs ?

— C'est comme tu as dit tout à l'heure pour ta mère. Même si je ne l'ai pas connue, ni le reste de ta famille, ça ne t'appartient pas à toi toute seule. C'est aussi à maman et à moi. Tu ne crois pas ?

18

Il suffit d'ouvrir la fenêtre

Elle lui a dit « oui », bien sûr. Comment aurait-elle pu faire autrement ? Oui, elle gardera la maison. Elle la fera rénover, même, car elle ne peut plus la laisser ainsi maintenant qu'elle l'a vue, décrépite, pourrissante, la maison de ses vacances, le foyer de ses chers grands-parents. Et de fil en aiguille, elle reprendra contact avec les cousins, bien évidemment. Et de là, sans doute, faudra-t-il se revoir, raviver les souvenirs, encore.

« C'est un serpent qui se mord la queue ! » s'exclame-t-elle à voix haute en remettant le drap sur le secrétaire, après avoir glissé la chemise contenant l'acte de propriété dans son sac.

* * *

L'expression de Mara fait naître une image de reptile enroulé sur lui-même, avalant sa propre extrémité et elle a envie de le dessiner. Cela lui saute aux yeux soudain, comme un serpent : voilà ce qu'elle doit faire, dessiner ces expressions imagées. Elle a l'impression d'une évidence, c'est son truc, son originalité, ce qui fera de ses productions quelque chose de personnel, loin des copies ratées des dessins des autres. Elle sourit. Puis s'aperçoit que Mara la regarde, un peu étonnée. Il y a de quoi. Elle doit être toute chamboulée, sa pauvre grand-mère, et elle qui a la banane comme si tout ça n'avait pas d'importance ! Elle s'en veut, mais soudain la vieille dame sourit pour lui répondre. Elle a un bon cœur, au fond, il est juste tout enfoui sous la poussière, comme tout ce qui est ici. Il suffit d'ouvrir la fenêtre pour faire entrer le soleil. Et elle est cette fenêtre.

* * *

— Bon, je te propose d'aller nous étaler sur la plage, maintenant, ça te va ? Je t'achèterai une glace !

— Oui, pour la plage et oui pour la glace, même si j'ai un peu l'impression d'avoir sept ans quand tu me proposes ça.

Mara pouffe.

— Je me doutais que ça allait te faire réagir, sale ado.

— Au contraire, j'adore passer du temps avec ma mamie !

— Grrr, ta « mamie » va peut-être se raviser pour la glace…

— Oh non, s'il te plaîîîît, fait Emma en battant des cils.

— On dirait Bambi !

— Pas du tout, j'imite le chat potté dans *Shrek* !

— Nous n'avons pas les mêmes valeurs…

— Évidemment, je suis sûre que tu as l'âge d'avoir vu *Bambi* à sa sortie en salle, rigole la jeune fille.

— Pfff, même pas, c'était en 42. Et si tu crois qu'on avait ce genre de dessins animés capitalistes sous ce bon vieux Staline… non, je l'ai vu avec ta mère. J'adorais aller au cinéma, tu ne peux pas imaginer, je passais aussi des heures devant la télé, c'était magique!

—Tu n'avais pas la télé ici?

—Pas quand j'étais petite, non. Après, les Galanta en ont eu une, mais elle ne marchait pas bien. Une histoire de bande d'argent, le truc qui sert à recevoir le signal satellite et qui était trop fin pour que ça fonctionne. Mais bon, la télé lettone, ça allait: on regardait le journal parfois, Panorama. Je crois que ça passe encore.

—Tu veux bien me parler d'eux?

—Non, je n'ai pas envie, je suis désolée. Je sais que tu aimerais comprendre, mais je…

Mara se tait, la voix étranglée. Elle fait un signe vers sa gorge comme si quelque chose y était coincé.

—Je ne peux pas, je… ça ne veut pas.

—D'accord. Pardon.

Emma prend la main de sa grand-mère et la serre.

—Bon, on y va?

* * *

Emma sourit pour rassurer Mara, mais à l'intérieur, elle bouillonne. Tout ça commence à faire trop pour elle. Le truc paranormal avec les souvenirs, la découverte du destin tragique de son arrière-grand-père et de ses grands-oncles – rien que ça… des grands-oncles, c'est vieux normalement, ça n'a pas éternellement sept ans ou onze ans –, Mara à fleur de peau, Diana qui doit se morfondre à Riga, à quelques kilomètres d'elles, sa révélation personnelle sur le dessin et son envie de s'y mettre tout de suite, et… Nina. Nina qui ne répond pas à ses messages. Elle a vérifié dix fois, cinquante fois. Elle hésite à en renvoyer encore un, n'ose pas, n'ose plus. Ça ne lui est jamais arrivé, elle ne s'est jamais demandé si elle était trop insistante parce que Nina a toujours répondu au quart de tour. Vu qu'elle a la capacité émotionnelle d'une grosse marmite, tout se mélange et s'attise dans un bouillon qui la rend fébrile. Un bon bain lui fera du bien.

À l'hôtel, elle va enfiler un maillot de bain digne d'une mémé, le seul modèle qu'elle ait trouvé dans la boutique à côté.

— Tu es charmante, on te dirait tout droit sortie d'une gravure du siècle dernier ! s'exclame Mara en riant.

Mais Emma n'a pas le cœur à rire. Tandis que sa grand-mère s'installe à la terrasse d'un café luxueux sur le front de mer, elle lui laisse robe et chapeau pour courir vers la mer. Celle-ci est très froide encore, dix-huit degrés, tout au plus, c'est le début du mois de juillet, mais cela lui remet les idées en place. Elle imagine des tas de petites bonnes femmes avec une ampoule lumineuse au-dessus de la tête – ses idées – se ranger les unes derrière les autres, proprement.

La mer lui lèche le ventre, elle est calme et douce. Il y a peu de baigneurs et, pour un peu, Emma se croirait à une autre époque avec son maillot de bain démodé. Elle s'imagine vivre sous la dictature soviétique, être Mara et attendre pendant de longues années qu'un père inconnu, des grands frères sans visage reviennent du goulag. Comprendre un jour que ce ne sera jamais le cas, qu'il est passé trop de temps pour espérer encore. Emma s'imagine la colère et le ressentiment, la douleur que cela a dû être pour la jeune fille qu'était sa grand-mère. Aux gouttelettes salées de la mer Baltique se mêlent quelques larmes qui libèrent Emma. Elle a soudain l'impression d'avoir les idées claires : elle doit tout faire pour réconcilier Mara et Diana, c'est sa mission. Et si elle y arrive, peut-être qu'elle sera récompensée, que Nina lui reviendra. Une histoire de karma, comme celle qu'on lit dans les livres : si tu fais du bien autour de toi, du bien t'arrivera. Elle revient auprès de sa grand-mère frigorifiée, mais sereine.

— Tu es bleue comme un homard ! Tu vas attraper la malemort !

Emma rigole.

— La malemort, c'est quoi ça ?

* * *

Enfin, elle rit de nouveau. Cette petite est si vive et heureuse d'habitude que le moindre nuage dans le ciel d'été de ses yeux bleus se voit comme le nez au milieu de la figure. Nez qu'elle retrousse quand on lui dit quelque chose de déplaisant, Mara l'a remarqué à plusieurs reprises. Peut-être qu'elle devrait lui poser la question ?

— Tu as des soucis aujourd'hui ?

— Hein ? Non. Non, non.

— Je ne te crois pas.

— Pourquoi ça ?

— Je suis ta grand-mère : j'ai beau ne pas t'avoir beaucoup vue, j'ai élevé ta mère avant toi...

— Que tu n'as pas beaucoup vue non plus !

Mara fait semblant de s'offusquer.

— Et alors ? Je l'ai portée et allaitée, je sais quand elle ment, et tu as le même air.

— Hum... peut-être.

— Tu ne veux pas me répondre ?

— Si, mais donnant donnant.

— Je ne crois pas que j'ai envie de jouer à ça.

— Alors ne me pose plus de questions qui me dérangent.

Mara rit. Quel caractère !

— D'accord, allons manger !

* * *

Emma réfléchit tout en dégustant un délicieux filet de poisson décoré de fleurs colorées.

—Tu peux manger les fleurs si tu veux.

Mara a relevé le nez deux minutes, mais elle replonge aussitôt dans son téléphone.

—Tu fais quoi ? demande Emma.

—Je dois trouver un notaire ici, pour cette histoire de maison et aussi répondre à quelques mails urgents pour lundi. On commence les répétitions, je t'ai dit ?

—Oui, dix fois au moins.

—C'est que j'adore cet opéra, je suis très fière d'y participer.

—Tu as le premier rôle ?

—Oh non, cela fait longtemps que je n'ai plus que des rôles de vieilles mères ; mais je suis chanceuse, chanter encore à mon âge, c'est inespéré.

—Tu n'as aucune envie de t'arrêter.

—Non. Jamais. Bon, fait Mara en montrant son portable, tu me laisses cinq minutes ?

Emma hoche la tête en se disant que sa grand-mère a changé en quelques jours. Elle a sans doute gagné son respect pour qu'elle lui demande la permission alors qu'elle n'en faisait rien la semaine d'avant. Et ça ne la dérange pas du tout, en plus : elle peut reprendre le fil de ses pensées. Ayant décidé de remettre la question Nina à plus tard, elle repense à ce qu'elle a proposé à sa grand-mère, une question pour une question, et elle liste toutes celles qu'elle aimerait lui poser.

La première, bien sûr, serait de savoir ce que Mara reproche à Diana, pourquoi elle l'appelle « traîtresse » ainsi que sa famille : c'est le mot qu'elle a employé, celui qu'elle a retenu, elle l'a cherché sur Internet. Elle se dit cependant qu'elle n'osera jamais lui demander, de peur qu'elle ne se fâche bien sûr, mais surtout parce qu'elle sent que sa grand-mère est au bord du gouffre avec ces souvenirs partagés. Emma n'est pas certaine de vouloir « vivre » ça dans sa tête. Elle-même est bouleversée par ces plongées dans le temps, elle le sent bien.

La deuxième porte sur son départ : comment s'est-elle échappée ? Cela a dû être une sacrée aventure. Ça n'est pas une question trop sensible ? Peut-être qu'elle trouverait grâce à ses yeux ?

Enfin, les dernières devraient lui plaire : elle aimerait qu'elle lui raconte comment s'est passée son arrivée en Europe de l'Ouest, mais aussi la scène du mur, quand elle a chanté devant la porte de Brandebourg... qui chantait de l'autre côté ? Le sait-elle ? Et qu'a-t-elle ressenti quand le mur de Berlin est tombé ? En y réfléchissant cependant, Emma a un doute : peut-être que ça non plus, ça ne lui plaira pas...

Le dessert est arrivé, et passé, et Mara téléphone toujours. Emma lui fait signe.

— Ça t'embête si je rentre à l'hôtel ?

— Non, non.

Emma se lève, Mara pose sa main sur le téléphone pour que son interlocuteur ne l'entende pas. Sans doute quelqu'un à qui sa fière grand-mère n'a pas envie de dire qu'elle est en vacances avec sa petite-fille, ça fait trop vieille dame !

— Tu vas faire quoi ?

— Je vais m'occuper de ton courrier, j'en ai encore trois tonnes et je suis supposée finir avant la fin de la semaine ! s'amuse Emma tandis que Mara lève les yeux au ciel et la chasse comme une mouche.

— Moi aussi, je t'aime, mamie ! répond Emma assez fort pour que tout le monde l'entende, y compris la personne au bout du fil.

Ladite mamie roule des yeux mi-furieux, mi-rieurs.

Emma rentre sans se presser, heureuse de ce soir d'été, de l'allée arborée qui mène de la plage à l'hôtel. Une fois arrivée, elle s'installe devant le secrétaire et prend une des dernières lettres qu'il lui reste à ouvrir. Elle vient d'Allemagne. Emma y voit un signe : c'est à Berlin que Mara est devenue célèbre. Peut-être qu'en revenant à ce moment-là elle pourra réparer l'amitié des deux vieilles dames ? Elle décachette la lettre avec précaution…

Bonjour madame,

C'est avec beaucoup d'émotion que nous vous écrivons aujourd'hui. Vous ne nous connaissez pas, mais pour nous, vous êtes comme une vieille amie. Je sais que vous devez être très occupée, mais on dit que vous lisez toutes les lettres que les gens vous envoient depuis le monde entier, soit pour vous demander de l'aide, soit pour parler d'une triste histoire avec leur mur. Nous, nous ne vous demandons aucune aide, madame, car vous nous avez déjà tellement apporté. Et notre histoire n'est pas triste, même si la tristesse l'a beaucoup traversée.

Je m'appelle Joachim et je suis né la même année que vous, à Berlin. De la guerre, je n'ai connu que les ruines qu'elle a laissées dans nos villes et dans le cœur de ma mère. Berlin dans les années 50 était une ville grise où régnaient la peur, et parfois la faim. Mais les enfants jouent et grandissent quel que soit l'endroit où ils vivent. Je croyais que dans toutes les villes du monde, il y avait des bâtiments détruits, des soldats et des avions de chasse dans le ciel. Avec mes cousines Helga et Monika, on jouait dans les immeubles effondrés et on était fous de joie quand un GI américain nous donnait une plaquette de chewing-gum. J'habitais à l'Ouest, dans le secteur français. À l'époque, on pouvait passer assez facilement d'un côté et de l'autre, mes cousines Greta et Ingrid qui habitaient en secteur soviétique allaient à la même école que moi et mon oncle était employé dans une épicerie à côté de chez nous.

En 1961, les choses ont changé brutalement.

Des barbelés ont coupé la ville en deux. Les chars ont roulé dans les rues et on disait que la guerre allait éclater de nouveau. Il n'y a finalement pas eu de bataille, mais mes cousines ont été brutalement coupées de nous, ainsi que la moitié des enfants de mon école. Un mur a remplacé les barbelés, des miradors ont poussé tout du long et d'horribles histoires ont circulé à propos de ceux qui essayaient de traverser. Chaque matin, je grimpais sur un lampadaire et je faisais signe à mes cousines de l'autre côté du mur, c'était notre petit rendez-vous. Mais on ne pouvait plus jouer ensemble.

Ça a duré comme ça deux ans. J'ai eu quinze ans et de nouveaux amis. J'ai un peu oublié mes cousines. Les enfants ont la chance d'oublier vite.

Tout a commencé à Noël 1963. Pour la première fois, les gens de Berlin-Ouest ont été autorisés à rendre visite à leur famille à l'Est. C'était pour une journée seulement. Je me souviens que ma mère était très heureuse. Elle s'était maquillée, elle avait mis sa belle robe bleue et on avait acheté de petits cadeaux pour mon oncle et mes cousines. Des chocolats, une radio, des vêtements. On disait qu'à l'Est, ils manquaient de tout. Les soldats nous ont fait attendre une heure, mais ils nous ont laissés passer.

Mon oncle nous attendait de l'autre côté et ma mère et lui se sont embrassés en riant. Moi, je regardais les rues en silence pendant qu'il nous conduisait chez lui. Les bâtiments étaient tristes et sales, les gens maigres. Mais quel plaisir de revoir mes cousines ! Elles avaient grandi, elles aussi, elles avaient mis du rouge sur leurs lèvres. On s'est regardés en souriant bêtement comme des adolescents de quinze ans qui ont encore envie de se prendre dans les bras mais qui n'osent pas. Alors une fille a surgi de nulle part, elle avait les cheveux courts, une drôle de casquette penchée et un rire magique qui vous faisait oublier le monde entier.

— Alors, c'est toi, le cousin Joachim? a-t-elle dit.

Elle s'appelait Marlene.

Une voisine de mes cousines, une amie. Apparemment, ses parents étaient presque toujours absents et elle passait le plus clair de son temps dans la famille de mon oncle.

De toute cette journée où j'étais censé retrouver ma famille, je ne me souviens que d'elle. Je suppose qu'il y a eu un repas, des embrassades et des cadeaux échangés, mais honnêtement, tout cela a été effacé de ma mémoire On s'est posés sur un vieux canapé, Marlene et moi, et on a parlé, parlé. J'ai l'impression d'avoir passé cette soirée et cette nuit intégralement à l'entendre rire.

Parce que je la faisais rire. Oui. J'allumais des éclats pétillants dans ses yeux. Elle me posait plein de questions sur l'Ouest, puis sur moi, sur ma mère, sur ce que j'aimais et ce que je n'aimais pas. C'était un moment magique.

Marlene est rentrée chez sa famille au petit matin. Ma mère et moi, on a dormi quelques heures et mon oncle nous a raccompagnés à Checkpoint Charlie. Mes cousines dormaient encore.

— Alors, Joachim, m'a dit mon oncle avec un petit sourire, tu as aimé l'Allemagne de l'Est?

Ma mère a éclaté de rire.

— Je crois qu'il a bien aimé Marlene.

Mon oncle m'a posé la main sur l'épaule et a retrouvé son sérieux.

— Marlene est une fille adorable. Mais tu es à l'Ouest et elle est à l'Est.

Il m'a ébouriffé les cheveux.

— Tu es jeune. Il y aura d'autres filles, tu sais...

— Il n'y aura jamais d'autre fille, oncle Gunter.

Comment aurais-je pu lui expliquer ce que je ressentais ? Depuis la veille, Marlene était pour moi devenue le monde entier, et le monde entier était Marlene.

À ce moment, une main s'est posée sur mon épaule : c'était elle. Elle s'était levée au petit matin pour m'attendre au checkpoint. Et elle avait entendu ma réponse à mon oncle.

Ses lèvres sur les miennes ont eu le goût du bonheur.

L'oncle Gunter avait raison, bien sûr : un mur nous séparait.

Je montais toujours au lampadaire tous les matins, mais cette fois, c'est à elle que je faisais des signes. Et elle me les rendait. J'avais un calendrier dans ma chambre et je barrais chaque jour qui me séparait du Noël suivant, le seul moment de l'année où je pourrais la revoir. Alors notre vie à tous les deux est devenue une succession d'attentes interminables et de journées uniques.

Mes amis se moquaient de moi. Ma mère se débrouillait toujours pour me présenter des jeunes filles et elle soupirait en me disant qu'elle n'aurait jamais de petits-enfants. Elle me disait que j'étais fou, que tout cela était très romantique mais stupide, et qu'en grandissant, je m'en apercevrai. Je ne l'écoutais pas. Je n'écoutais personne.

J'ai certes grandi, madame, mais si aimer Marlene était stupide, alors je suis resté stupide.

Chaque fois que je pouvais franchir de nouveau le mur, c'était un an que nous rattrapions en quelques heures. Un flot de paroles et de baisers, si intense que peu de couples en ont jamais connu de pareil.

Je vous mentirais, si je vous disais que je n'ai pas eu peur qu'elle rencontre un autre garçon. Ou que moi-même, je n'ai jamais eu de moment de découragement, ou la tentation de construire une histoire avec une fille de l'Ouest, une « Wessie » que j'aurais pu voir tous les jours.

Mais alors, vous avez chanté devant le mur, madame, c'était en 1972. Et Marlene et moi, chacun de notre côté du mur, nous vous avons entendue car c'était le moment où nous nous faisions signe. Votre musique est devenue la nôtre. Votre voix, c'était notre histoire. Nous étions capables d'écouter vos disques pendant des heures entières. Je n'ose vous dire tout ce que nous avons fait ensemble pendant qu'ils tournaient.

À l'époque, il n'y avait pas de SMS ni d'e-mails comme aujourd'hui, bien sûr, mais le courrier passait entre l'Ouest et l'Est, alors on s'écrivait chaque fois que cela était possible. C'était cher, bien sûr. Parfois aussi, l'enveloppe arrivait ouverte et recollée – quelqu'un de la police l'avait lue. C'était étrange, dérangeant, mais les lettres entre nous étaient si précieuses qu'on finissait presque par l'oublier. Les autres couples sortaient au cinéma, dormaient dans le même lit et mangeaient à la même table. Les lettres étaient nos étreintes à nous, elles étaient nos repas, nos sorties et chaque moment qui nous était refusé.

Les années ont passé, j'ai commencé à travailler et Marlene aussi. Il est devenu un peu plus facile pour les gens de l'Ouest d'obtenir une autorisation de se rendre à l'Est, même si cela coûtait cher. Marlene avait toujours son rire merveilleux quand elle me voyait. Elle ne semblait jamais triste, elle ne me faisait jamais de reproche. On se tombait dans les bras et c'était comme si on n'avait jamais été séparés.

Et puis, un soir de novembre 1981, le 7 pour être précis, des messieurs ont frappé à la porte de mon appartement. Ils portaient des costumes, ils sentaient le tabac et ils ne souriaient pas. Ils se sont présentés comme des « agents », sans préciser de quelle organisation. Je les ai fait entrer chez moi. Ils se sont assis à ma table, ils ont sorti des photos, des copies de lettres, de longs rapports dactylographiés. Notre vie, à Marlene et moi, était tout entière contenue dans leurs dossiers. J'y ai vu des moments dont je croyais qu'ils n'avaient appartenu qu'à nous, des notes griffonnées à la main par des étrangers « 09/09/1974 aujourd'hui, il porte une sacoche » ou « 04/04/1978 elle ne s'est pas maquillée pour le recevoir ».

Ils m'ont demandé si je savais que la mère de Marlene travaillait pour la Stasi, la police politique de la RDA.

J'ai manqué de m'étouffer. La mère de Marlene ? Une agente de la Stasi ? Je n'en avais aucune idée !

Puis ils m'ont demandé si Marlene m'avait posé des questions sur les forces armées à Berlin-Ouest, si elle m'avait demandé de transporter des documents pour elle ou de rencontrer des gens à l'Ouest. Ils m'ont demandé si j'avais déjà envisagé l'hypothèse que Marlene entretenait une relation avec moi uniquement sur l'ordre de sa mère.

Il a fallu un miracle pour que je trouve la force de ne pas leur coller mon poing dans la figure. Je les ai flanqués à la porte en leur jetant à la face leurs photos volées. Puis je me suis mis à pleurer. Car je savais ce que cela signifiait : je n'aurais plus jamais l'autorisation de franchir le mur.

À partir de ce jour, c'était comme si Marlene avait disparu de ma vie. Mes demandes de visiter Berlin-Est ont toutes été refusées. Mes lettres sont restées sans réponse. Et quand je montais sur le promontoire qui avait été construit pour regarder par-dessus le mur, je ne la voyais plus jamais de l'autre côté. Notre rendez-vous du matin n'existait plus.

Avait-elle reçu elle aussi la visite de messieurs en costume? L'avait-on jetée en prison? Ou exécutée?

Son absence me détruisait. Alors peu à peu, le doute m'a rongé. Avait-elle vraiment travaillé pour la Stasi? M'avait-elle utilisé? Je savais que notre rencontre était authentique, qu'elle était le fruit du hasard et de l'amour. Mais ensuite, pendant toutes ces années, sa mère l'avait-elle forcée à continuer de me voir?

Sans vous et votre musique, madame, je crois que j'aurais perdu espoir. Ou que je serais devenu fou.

1981, madame: j'avais trente-trois ans. À l'époque, le rideau de fer paraissait éternel. On l'imaginait encore debout dans vingt ans, dans cent ans.

Alors au printemps de l'année 1989, quand on a parlé d'une ouverture de la frontière en Hongrie, l'espoir en moi s'était déjà réduit à une minuscule étincelle.

Mais en faut-il plus pour ranimer un feu que l'on croyait éteint, madame? J'ai regardé à la télévision les files d'Allemands de l'Est qui franchissaient la frontière autrichienne. Je me suis mis à rêver de nouveau. Je me suis remis à me parfumer, à me raser de près.

Tous les soirs, je m'attendais à ce qu'elle sonne chez moi. Je sursautais chaque fois que quelqu'un passait dans le couloir devant ma porte.

Et puis, un jour, alors que je sortais de mon travail, j'ai senti une main se poser sur mon bras et soudain, le monde a de nouveau été rempli d'elle, de son odeur, de ses lèvres, de son corps presque oublié. Marlene, une fois encore, m'avait pris par surprise.

C'était le 9 novembre, le jour de la chute du mur. Elle n'avait pas attendu un jour de plus.

Je ne vous raconterai pas les années que nous avons vécues ensemble. Je peux seulement vous dire qu'elles ont été remplies de bonheur. Oh, et ma mère a même eu le petit-enfant qu'elle attendait ! Nous sommes deux personnes âgées, maintenant, mais nous avons rattrapé toutes les années perdues. Un peu avec vous. Un peu grâce à vous. Car même si vous ne nous connaissez pas, madame, nous avons toujours eu l'impression que vous étiez la seule personne qui ait jamais cru en notre histoire.

Joachim (et Marlene)

19

Les gens de l'Ouest

Mara trouve sa petite-fille endormie le front sur les lettres, toute pliée. Elle ne sait pas trop comment réagir : la réveiller, la porter ? Elle a déjà un corps de grande, elle n'a pas assez pris le temps de la porter quand elle était petite et qu'elle pouvait tenir dans ses bras, enrouler ses jambes autour d'elle, s'agripper comme un singe. Elle est massive, maintenant, pas tout à fait adulte, mais plus du tout malléable. Comme son caractère. Mara a presque peur de la réveiller, maintenant. Elle a sans doute des questions, encore, des envies de soulever le tapis qu'elle a soigneusement laissé en place pour couvrir la poussière, pour cacher le passé. Maintenant qu'elle a commencé, elle ne va plus pouvoir s'arrêter…

Est-ce mieux ainsi ? Si elle avait un psy, il dirait oui, sans doute : parler, ne pas laisser les choses pourrir… ha ha ha. Ça la fait bien rire, la Dame des murs. Parler à qui ? Les gens de l'Ouest n'ont jamais compris. Ils avaient tous des questions stupides, des curiosités malsaines :

— Est-ce vrai qu'on vous fait défiler en costume ?

— Est-ce vrai qu'on ne trouve rien à manger dans les magasins ? Qu'il faut faire la queue des heures pour trois œufs et un bout de lard ?

— Est-ce vrai que vous deviez chanter l'hymne soviétique à tout-va ?

Oui, bien sûr que c'est vrai, mais non, pas complètement, pas toujours… ce n'est pas si simple… Que dire à ces gens ? Comment leur confier ce qu'elle ressentait ? Seul Armand la comprenait, et encore… Il la soutenait de son mieux et il adorait l'accompagner dans sa découverte du monde occidental. Un de leurs grands jeux, les premiers temps, était d'aller dans les épiceries. Elle regardait tout, avec attention, chaque produit, chaque prix, et lui s'amusait de son air émerveillé devant la mayonnaise ou les biscuits à la crème. Il l'amenait au cinéma voir des films américains, ils avaient acheté une télé, même, en noir et blanc pour leur petit appartement. Il s'excusait parfois qu'il soit si exigu, mais elle était ravie d'avoir une cuisine pour eux seuls, une salle de bains qu'elle n'avait pas à partager avec le reste des habitants, des toilettes individuelles… C'était incroyable et tellement luxueux ! Elle s'était inscrite au conservatoire pour le chant, elle avait vite appris. À vingt ans, deux ans après son arrivée à l'Ouest, elle participait à son premier opéra. Deux ans plus tard, elle chantait à Berlin et devenait la Dame des murs. L'argent avait afflué et ça avait été encore plus fou de repenser à avant, de se remémorer sa vie dans la Lettonie soviétique, elle n'arrivait plus à en parler à personne en dehors de son mari.

Les gens de l'Est, ils auraient pu la comprendre, bien sûr, mais elle ne pouvait pas les appeler, les voir. Juste quelques lettres dans lesquelles on ne pouvait rien dire parce qu'elles étaient ouvertes et censurées. Interdit de parler, interdit de voyager. La frontière était infranchissable. « Pourtant, Mara, vous êtes bien passée à l'Ouest ! » Oui, oui, elle est passée, mais au prix de quelles souffrances, de quelle frayeur, de quels risques… même si elle avait réussi à repasser dans l'autre sens, elle aurait été prise, prisonnière, déportée au goulag… elle serait morte là-haut, en Sibérie, dans le froid glacial des terres gelées. Comme son père, comme ses frères.

Alors elle a cessé de parler de son pays aux étrangers, hormis à Armand. Mais même lui, quand la petite est née, il l'a moins écoutée. Il aimait tellement l'enfant, le bébé, il avait tant espéré aussi que la naissance de cette petite fille adorable, de ce petit ange blond console sa femme de son enfance malheureuse. Hélas, elle n'avait pas pu oublier son passé, elle n'avait pas su le mettre de côté pour se consacrer au bébé. Elle avait tellement peur d'être une mauvaise mère, d'être comme la sienne qu'elle avait préféré laisser sa fille à la charge de son mari, plutôt que de reproduire les mêmes erreurs.

Et puis, en 1990, elle avait appris des informations qui l'avaient bouleversée et changée définitivement. Elle qui avait déjà du mal à s'occuper d'Héloïse avait complètement laissé tomber, la gâtant pour compenser.

Voilà, la triste réalité. Elle avait été une mauvaise mère, une mauvaise épouse, une femme malheureuse…

Mais peut-être qu'elle avait la chance de rattraper tout cela, enfin, avec cette petite !

* * *

Quelqu'un la secoue doucement, Emma se réveille. Où est-elle ? Ah oui… Jurmala, l'hôtel, Mara.

—Mmmmh, il est tard ?

—Non, juste 22 heures, tu veux aller te coucher ?

—Euh… non… je, oui peut-être.

—Excuse-moi, je t'ai réveillée en sursaut, va donc dans ton lit.

— D'accord, répond Emma d'une voix embrouillée de sommeil.

— Au fait, on va devoir retourner à Riga, finalement, à cause de cet idiot de notaire. Il veut me voir à tout prix. On sera obligées d'y passer la journée avant le départ.

Emma ne le montre pas, mais elle est bien contente… elle va peut-être revoir Diana ! Elle a encore une chance de les réconcilier.

Elle monte sur la mezzanine, se glisse dans son pyjama et dans son lit, écoute Mara qui se prépare à aller se coucher aussi.

— Mara ?

— Oui ?

— Tu liras la lettre que j'ai laissée en évidence sur le bureau ? Je ne sais pas quoi répondre et j'aimerais bien ton avis.

— Oui, bien sûr… tu as encore beaucoup de lettres à lire ?

— Non, pas tant que ça, j'aurai fini à la fin de la semaine.

— Tu es meilleure que mon secrétaire, constate Mara avec plaisir. Tu ne voudrais pas venir à Paris passer l'été pour le remplacer ?

— C'est une vraie proposition ?

Un silence.

— Oui.

— D'accord.

Après tout, pourquoi pas ? Si Nina ne lui répond pas, pourquoi s'empêcherait-elle de passer un bon été ? Elle regarde son portable, quand même, au cas où… mais rien de rien.

* * *

Quand Mara se réveille, après une nuit difficile, agitée de cauchemars, Emma est déjà partie. Elle la retrouve dans la salle du petit-déjeuner, devant une assiette d'ogresse.

— Tu n'avais pas très faim à ce que je vois…, s'amuse Mara.

— Mmh, tu as goûté les œufs ? Ils sont trop bons.

Mara sourit. Elle sirote son café, tranquille.

— J'ai lu la lettre, au fait. Elle est difficile, en effet, je comprends que ça te semble compliqué de répondre. Je le ferai.

— Tu es sûre ? J'avais l'impression que tu ne voulais pas parler de tout ce qui concerne l'ex-URSS.

— En effet, c'est un sujet que j'évite, mais bon, tu vois, on est là toutes les deux et ça va, je ne me suis pas fait arrêter par le KGB ni engloutir par une vague de tristesse alors je me dis que ce n'est pas si dur...

— Tu serais prête à me raconter comment tu as réussi à le passer, toi, ce rideau de fer ?

— Quand je suis partie d'ici ?

— Oui...

— Eh bien... tu veux que je te raconte ou que je te montre ?

Emma hésite un peu.

— Tu ne crois pas que c'est trop bizarre ou dangereux ce truc des souvenirs partagés ? demande-t-elle pour se rassurer.

— Non, pas du tout. En fait, je ne t'ai pas tout dit à ce propos... on faisait ça avec Diana, quand on était petites.

— Pour être honnête... elle me l'a déjà dit en fait.

— Eh ben alors, tu vois, on n'en est pas mortes ! Donc je ne vois pas le danger. C'est juste un truc qu'on a toutes les deux, qui nous relie, et puis c'est tout.

— Ce n'est quand même pas très normal...

— Pfff. Tu es une sorcière un peu trop terre à terre, je trouve, Hermione Granger !

— Et toi ! On dirait Loufoca Lovegood !

Mara sourit.

— Ça me plaît bien d'être Loufoca comme personnage. OK !

Emma rigole, puis se ressaisit.

— Quand même, Mara, tu sais bien que c'est complètement dingue, ce truc des souvenirs !

— Oui, bien sûr, si tu cherches à tout prix à trouver des explications rationnelles à base de physique quantique. Mais si tu regardes les choses avec un peu de logique, ce n'est pas si bizarre que ça : on est de la même famille.

— Oui, mais pas Diana et toi !

— C'est tout comme, on a été élevées ensemble ! J'ai passé plus de temps chez eux que chez moi. La maman de Diana me mettait une assiette à chaque repas, au cas où.

— Comment c'est possible que tu sois aussi fâchée contre elle alors ?

Mara se tait.

* * *

Non. Ça, elle ne le racontera pas. C'est trop dur, trop de mauvais souvenirs, trop de souffrance.

Quand elle y repense, ça la paralyse. Trente ans, ça fait trente ans qu'elle a découvert la vérité sur les Galanta et elle ne s'en est toujours pas remise. Elle n'en parlera pas, c'est trop difficile.

* * *

Elle l'a braquée. Et merde! Elle n'aurait pas dû demander ça. Comment rattraper le coup, maintenant?

—Mara… excuse-moi. Je veux bien que tu me montres pour ton évasion, s'il te plaît.

* * *

Elle respire un grand coup, chasse la douleur du souvenir de 1990 et se concentre sur celui de 1968. Le grand départ. La semaine où elle a quitté la Lettonie pour toujours.

20

Le voyage interdit

La cour de l'école numéro 13. Le soleil est vif, Armand et le reste de l'orchestre français sont en train de monter l'estrade sur laquelle ils vont jouer ce soir. Le chœur des filles dont font partie Mara et Diana participera aussi, ce qui les autorise à rester là, au lieu de leur journée d'usine. Installées sous les arbres en attendant que les hommes aient fini leur ouvrage, elles sont ravies, heureuses, souriantes. Enfin, Diana est plus ombrageuse.

— Tu n'es pas contente ?

— Franchement, Mara, pas tant que ça. Je te vois t'amouracher de ce Français depuis qu'il est arrivé, mais ça ne mène à rien ! Il va repartir et te laisser seule, ici, tu ne le reverras jamais, tu t'en rends bien compte !

— Qu'est-ce que tu es rabat-joie...

— J'espère que tu ne vas pas...

— Quoi ?

— Tu sais bien !

— Aucun risque, il ne m'a même pas embrassée. Il est très gentil, attentif, je ne pense pas que ce soit le genre d'homme à essayer de me mettre dans son lit.

— Pfff, tous les hommes sont comme ça.

Diana boude.

— Il est beau, tu ne trouves pas ?

— Mouais...

— Mais si, enfin, Diana ! Regarde-le !

— Je le trouve trop... poilu.

— Quoi ?

— Regarde, il a des poils qui sortent de sa chemise ! C'est un peu beurk, non ?

— Chut, tais-toi, il vient vers nous.

Emma est dans le corps de Mara de dix-huit ans, un peu large pour elle. Elle ressent un truc bizarre aussi, en voyant Armand arriver, quelque chose qu'elle a du mal à nommer, qui lui donne envie d'être dans ses bras. Du désir, peut-être, en tout cas, celui de Mara, car ce n'est pas le sien… elle est d'accord avec Diana, elle le trouve trop poilu. Il est en bras de chemise.

— Могу я принести тебе воды[1] ? demande-t-il en russe, qu'il a sans doute appris pour venir faire ce séjour.

— С удовольствием !

— Спасибо.

— На латышском мы говорим : *paldies.*

— *Paldies*, répond Armand, hésitant un peu sur la prononciation.

Mara lui sourit, il lui sourit, ils resteraient ainsi des heures si un de ses camarades ne le rappelait à l'ordre.

— Pourquoi tu lui apprends des mots en letton ? S'il le répète, tu vas avoir de très gros problèmes ! Tu es dingue !

Mara soupire.

1. — Je peux vous prendre un peu d'eau ?
— Avec plaisir !
— Merci.
— En letton, on dit : *paldies.*

— Il le sait, il ne le dira à personne.

— Comment tu peux en être sûre ?

— On en a parlé.

— Mais quand ? Tu l'as vu hier soir ? Je croyais que tu étais au foyer !

Mara loge dans un foyer communautaire depuis un an. Depuis que sa mère est morte.

— Ouh là là, tu es vraiment pénible ! Tu me surveilles ? Je suis rentrée avec lui, on s'est promenés le long de la Daugava et on a pu se parler franchement. Personne ne pouvait nous entendre, je te le jure. Je ne suis pas si bête, quand même ! Je n'ai pas envie de finir dans les sous-sols de l'immeuble du coin...

Diana a les larmes aux yeux.

— J'ai si peur pour toi.

— Oh pardon, ma chérie, ma Diane, mon soleil, pardon !

Mara prend Diana dans ses bras et la câline. Baignées du soleil qui traverse le feuillage, l'une contre l'autre, elles partagent le souvenir de la veille au soir, sans parler. C'est étrange, comme si Diana était dans la tête de Mara : elle la voit avec Armand, ils marchent au bord de l'eau, parlent de la situation ici. La jeune femme raconte la version officielle, celle qu'elle est supposée répéter sur leur bonheur ici, à l'Est, la joie d'être soviétique… il lui dit qu'il n'est pas dupe. Elle hésite à tout dire, il la presse, elle sent qu'elle peut lui faire confiance, c'est une certitude profonde, alors elle se lance, elle raconte la vie telle qu'elle est réellement, les arrestations, la surveillance constante, l'autocensure, la peur permanente d'être dénoncée et entraînée dans les sous-sols du KGB, d'y être torturée et de disparaître pour toujours. Elle lui explique son sentiment de haine contre les Soviétiques. Armand est ébranlé, il est communiste, il ne s'attendait pas à découvrir une telle dictature. Il l'interroge sur sa vie quotidienne, elle évoque la déportation de son père et de ses frères, le décès de sa mère, dans un hôpital sordide. Elle n'a jamais su ce qu'elle avait eu, finalement. Rongée par le malheur et la dépression, elle s'est éteinte comme une bougie vacillante, laissant seule sa fille de dix-sept ans. Elle pleure, il la prend dans ses bras. Et là, la serrant contre lui, contre sa large poitrine de jeune homme solide, il lui dit à l'oreille :

— Je peux t'emmener. Je peux te faire sortir d'ici.

C'est comme une lumière vive dans l'esprit de Mara, comme un coup de tonnerre dans celui de Diana. Elle s'en doutait, elle va la perdre, elle se dégage de son étreinte.

— Ne m'en dis pas plus !

— Quoi ?

— Je t'en prie, Mara, ne dis rien. Je ne veux rien savoir !

— Mais... mais pourquoi ?

— Si j'en apprends trop et qu'on m'arrête, qu'on me... tu sais, qu'on me fait mal, je ne suis pas sûre de pouvoir me taire. Je ne pourrai pas mentir et on aura de gros problèmes.

Mara hoche la tête. Elle sait comme Diana est sensible. Elle a raison. Moins elle en sait, moins elle sera en danger, surtout si Mara réussit réellement à partir. Et soudain, elle a une idée :

— Tu veux venir ?

— Quoi ?

— Viens avec moi ! On part ensemble !

— Tu es folle. Tais-toi ! ordonne Diana en jetant des coups d'œil affolés autour d'elles.

Puis, entre ses dents, elle ajoute :

— J'ai une famille ici, Mara, mes parents... je ne peux pas partir.

Son amie hoche de nouveau la tête. Oui, bien sûr, elle a des parents, elle. Pas comme Mara l'orpheline. Les Galanta ont essayé de la garder avec eux après le décès de sa mère, de l'adopter en quelque sorte... mais non, ce n'est pas sa vraie famille. Ils n'ont pas pu. Et sa grand-mère non plus n'a pas eu le droit de la prendre, parce qu'elle habite trop loin de l'usine... Alors Mara a dû déménager dans ce foyer pour jeunes filles affreux et triste, froid comme un frigo l'hiver, chaud comme un sauna l'été, en laissant toutes ses affaires derrière elle dans la maison. Une valise et un baluchon... voilà ce qu'elle a gardé de son chez-elle.

— Tu es triste... pardon, s'excuse Diana avec un air si malheureux que Mara a le cœur qui se serre.

— C'est toi qui es triste, je le vois bien. Tu ne veux pas que je parte.

Diana ouvre la bouche pour répondre, mais Mara ne la laisse pas continuer.

— Non, ne proteste pas. Je te comprends et, même si je n'ai plus mes parents, je t'ai toi, et je ne peux pas imaginer notre séparation sans que mon cœur se déchire... Mais je ne peux plus vivre ici, Diana. Cet orchestre, c'est sans doute la seule porte de sortie que j'aurai jamais.

— Tu le laisses te séduire pour t'échapper ? demande Diana en désignant Armand du menton.

Celui-ci, à présent torse nu, joue du marteau, des clous plein la bouche.

— Non ! Je me sens vraiment bien avec lui ! Diana, quand même !

— Je ne sais pas, Mara, je ne sais plus. Je ne peux pas imaginer la vie sans toi alors forcément, ça me rend folle de me dire que toi si, que tu peux le faire...

Diana se met à pleurer et Mara lui saisit les mains, avec gravité.

— Je ne vivrai pas plus d'une demi-vie sans toi. Mais ici, je vais mourir à petit feu. Je dois partir. Mais je ne t'oublierai jamais, je chanterai toujours en pensant à toi. Je ferai tout pour te faire venir si un jour cela est ton souhait. Et si tu préfères rester, nous nous retrouverons le jour où le pays sera libéré.

* * *

— Mais tu ne l'as pas retrouvée !

Mara, le regard aussi triste que dans son souvenir, dit d'une voix éteinte :

— C'est que les choses ont changé entre-temps… j'avais dix-huit ans, j'étais naïve…

Emma sent bien qu'il n'est pas bon d'insister.

— Tu ne m'as toujours pas montré l'évasion. Tu serais prête à le faire ?

— Oui. Mais allons dans le jardin, tu veux bien ? Ici, les murs ont des oreilles…

Emma penche la tête, étonnée.

— Tu sais que tu ne risques plus rien, tout de même ! Il n'y a plus de KGB !

— Oui, mais je ne l'ai raconté à personne, seul Armand le savait. Tous ses camarades de l'orchestre ne sont pas encore partis, je n'ai pas envie d'avoir à rendre des comptes si un journaliste réussit à obtenir l'information.

Mara regarde autour d'elles avec méfiance.

— On ne sait jamais.

Emma rigole un peu, mais sa grand-mère a l'air sérieuse alors elle attrape sa tartine et se lève pour rejoindre le jardin. Le vent est un peu frais, elles se réfugient sous la tonnelle.

— Tu as parlé de la maison du coin, c'était le KGB, c'est ça ?

— Oui, il paraît qu'il y a un musée maintenant… à l'époque, on savait que si on entrait, on ne ressortait pas dans le même état. Si on ressortait !

— J'imagine que tu n'as pas envie d'aller le voir…

— Tu pourras le visiter quand je serai avec le notaire, si tu veux.

— On repart quand du coup ?

— Demain matin, ça te va ?

— Oui, bien sûr. Je n'ai pas tout vu. Il me manque aussi les immeubles Art nouveau.

— Ce serait dommage de les rater. On peut rentrer dès aujourd'hui si tu préfères…

— C'est toi qui ne voulais pas rester à Riga.

— Oui, mais bon, tu me fais changer. Et je n'aime rien tant que l'improvisation. En plus, j'espérais te montrer un concert ici, mais il ne passe rien cette semaine. On pourra sans doute trouver quelque chose à Riga, par contre.

— Oh, d'accord alors !

— Bon, tu veux voir la grande évasion ?

* * *

Mara tient son baluchon contre elle, serré comme un trésor précieux. Elle a froid dans le petit matin. Elle est cachée dans un recoin de la rue de l'école. Elle guette.

Le car des Français approche, soudain, et se gare devant le portail. Les musiciens français en sortent, avec leurs instruments et leurs valises. Ils les laissent en tas, devant les flancs du bus, de part et d'autre, puis retournent dans l'école pour attendre.

Armand sort en dernier, il porte un énorme étui à contrebasse. Il regarde le chauffeur qui a commencé à ranger les bagages du côté gauche, râlant en russe, et va mettre son encombrant étui de l'autre côté. Il fait signe à Mara qui s'approche, vivement, regardant de tous côtés pour ne pas être vue. Armand lui ouvre l'étui, elle s'y glisse, comme elle peut, repliant ses jambes, ses bras, essayant de se tasser le plus possible.

C'est compliqué, ça coince, Armand referme. C'est le noir. Armand lui parle en soulevant la fausse contrebasse pour la poser dans la soute : il a fait comme ils avaient dit, des trous pour la respiration, il a glissé des sandwichs dans la pochette qu'elle peut atteindre du bout des doigts, et une bouteille d'eau bien sûr.

« Tu pourras t'en servir pour faire pipi dedans si on est coincés trop longtemps à la frontière. »

Elle rougit, mais il ne la voit pas. Elle le reconnaît bien là, efficace, pragmatique, ne s'embarrassant pas de tabous ; du moment qu'elle a accepté de partir, il a été redoutablement efficace, imaginant avec elle la meilleure solution pour s'échapper. Il lui a dit quelque chose aussi...

« Je t'aime, Mara. »

Elle n'a pas répondu. Il l'avait dit en russe et elle s'est fait la réflexion que, le temps de lui apprendre à le dire en letton et elle de l'apprendre en français, elle pourrait sans doute lui dire aussi, sincèrement, qu'elle l'aime. Là, elle pense à Diana tandis que l'étui a cessé de bouger, que le coffre s'est refermé dans

un grand « clac » et que le moteur a commencé de vrombir.

Diana, sa tendre amie, elle a pleuré, beaucoup, et elle l'a suppliée, aussi. Mara n'a pas cédé, elle a répété qu'elle allait mourir ici, et c'est vrai, peut-être, qu'elle serait morte. Mais peut-être aussi qu'elle va s'étouffer et qu'Armand ne trouvera qu'un corps sans vie en rouvrant l'étui à l'Ouest ?

Quelle folie elle a faite. Elle hésite à pousser le battant. Normalement, il ne sera pas dur de faire céder les attaches si elle le veut. Ils ont essayé dans la chambre d'Armand et elle a réussi.

Mais non, enfin. Elle ne peut plus sortir, elle ne peut pas faire ça, ce serait stupide, elle mourrait en Sibérie dans un camp de travaux forcés et Armand aussi, sans doute. C'est trop tard.

Elle essaie de bouger un peu les jambes, le bras, mais l'espace est trop petit alors elle reste lovée. Une idée lui vient, elle est comme un bébé dans le ventre de sa mère : elle attend une naissance, une sortie, un monde nouveau. Cette pensée l'occupe longuement, puis une autre, celle d'être un chapeau neuf dans une boîte, puis d'être la contrebasse elle-même, avec son coffre pour chanter et ses cordes sensibles... d'image en image, le temps passe à peu près.

Le car s'arrête après plusieurs heures de route.

Des voix, des bruits, des cris, des Klaxons. C'est la frontière ? Elle est terrorisée. Malgré la chaleur intense, elle a la peau glacée par la sueur froide de la peur. Le coffre s'ouvre, on fouille des sacs à côté d'elle. Quelqu'un monte dans la soute, on touche à son étui, elle ne bouge plus, ne respire plus. Soudain la lumière l'inonde.

— Mara !

C'est Armand. Elle cligne des yeux.

— J'ai eu si peur pour toi, avec cette chaleur, je me suis dit qu'on avait été stupides, que tu allais mourir, que c'était n'importe quoi !

— On est où ?

— En Pologne, on a fait une pause.

— On va nous voir !

—Non, non, ne t'en fais pas, tout le monde est parti boire un coup, même le chauffeur, je me suis porté volontaire pour garder le car.

Mara bouge un peu, Armand roule des yeux affolés.

—Ne sors pas, ils peuvent revenir d'un moment à l'autre! Je t'ai ramené de l'eau. Je voulais juste...

—Vérifier.

—Oui.

Mara sourit à Armand pour le rassurer, car comment lui dire qu'elle-même a cru qu'elle allait mourir? Elle n'est pas encore sortie d'affaire. Elle boit goulûment à la bouteille puis, rapidement, Armand referme l'étui et le car repart.

* * *

—Et alors? Tu as réussi?

—Ben oui, nounouille, puisque je suis là!

Emma se renfrogne.

—J'ai réussi, oui, mais ça a été très long. J'ai dû utiliser la bouteille pour faire pipi, j'avoue, et j'étais tout à fait honteuse quand Armand a ouvert l'étui une fois en Allemagne de l'Ouest.

Emma rougit, elle aussi. Elle a ressenti la honte de Mara à laquelle la sienne s'est ajoutée, comme si elles étaient la même personne. Elle a senti aussi l'enfermement, les membres ankylosés par l'inaction, l'attente dans cet espace ridicule où il faisait très chaud, les vibrations du moteur, la peur de mourir étouffée, la peur de se faire prendre. Elle est toute pâle à présent et Mara s'affole un peu.

— On va s'arrêter là, d'accord ? Ça ne sert à rien de te rendre malade.

Emma proteste un peu, mais elle se sent faible, en effet, et l'idée de retourner dans cette boîte minuscule lui donne la nausée.

— C'est affreux ce que tu as vécu… C'est un tel traumatisme !

Mara hausse les épaules.

— Je ne sais pas, je l'ai fait, voilà tout, c'était ça qui comptait, je ne voulais plus vivre dans ce pays, je voulais vivre avec Armand, voyager, chanter, devenir ce que je suis aujourd'hui et ça n'aurait pas été possible à Riga, je le savais.

J'aurais sans doute pu être heureuse malgré tout, tout n'était pas affreux en Europe de l'Est. Mais je voulais échapper au poids du passé, je pense. C'était trop lourd.

— Mais ta famille ? Tu les as laissés sans remords ?

— Non, bien sûr, tu as vu comme je les aimais... mais j'avais dix-huit ans, j'avais l'impression que j'allais mourir étouffée ici et, voilà, il fallait que je parte. L'idée que je ne les reverrais jamais, ça n'avait pas beaucoup de sens. Jamais... quand tu n'arrives même pas à te projeter dans dix ans, ça ne veut rien dire. Après, bien sûr, j'ai souffert. Mais c'était le lot de tous les exilés alors j'ai mis ça dans une boîte, je l'ai fermée et j'ai jeté la clef.

— Et... Diana ?

Mara se tait, un moment, Emma pense qu'elle ne va rien lui dire, une fois de plus, mais si, elle répond :

— Ça a été le plus dur. Une déchirure, un creux. Armand a été merveilleux, mais elle, mon amie, elle me manquait sans cesse, Je pensais à elle du matin au soir, dès que je voyais quelque chose de nouveau, je voulais le lui montrer, dès que je vivais quelque chose qui me la rappelait, je voulais l'appeler. Quand un oiseau migrateur passait, je me demandais s'il venait de là-bas, si elle l'avait vu, peut-être. Quand la lune brillait à l'Est, je pensais que peut-être elle la voyait en même temps que moi… Quand j'ai chanté à Berlin, tu sais, une femme a répondu de l'autre côté du mur, j'ai pensé que c'était elle… Même si ça n'avait aucun sens.

Emma hoche la tête. Elle ressent ça, exactement, avec Nina.

—Armand, à qui j'en parlais au début, était jaloux. Il me disait que je l'aimais elle plus que lui, en fait.

—Aimer d'amour ?

—Oui, non… pas de l'amour au sens où j'avais de l'attirance physique pour elle. J'ai l'impression que ce qu'on appelle amitié recouvre en fait des sentiments bien plus forts que l'amour comme on le vit dans les couples conventionnels, parfois. Tu ne crois pas ?

—Je ne sais pas. Si, oui, bien sûr, mais est-ce que ce n'est pas ça être homosexuelle alors ?

— Non, je ne crois pas : si tu n'as pas envie d'avoir d'expérience sexuelle avec l'autre, ça me semble faux de parler d'homosexualité, non ? Je ne m'y retrouve pas dans toutes les appellations actuelles. J'ai cherché sur le Net, j'en ai parlé avec de jeunes chanteuses à l'Opéra aussi. Mais je n'arrive pas à faire entrer ce que je ressentais pour Diana dans aucune de ces cases.

Mara parle avec une franchise qui étonne sa petite-fille. Elle n'a plus l'impression d'être face à une vieille personne et elle n'a pas non plus de gêne, comme elle en aurait avec ses parents, sur de tels sujets. Non pas qu'ils soient coincés… non, c'est plutôt elle qui se sent trop fermée. Alors que là, elle se sent libre de parler.

— Moi, j'ai l'impression que les étiquettes recouvrent tellement de cas différents que c'est dur de se définir. Tu vois, avec Nina, c'est compliqué à cause de ça. Je ne sais pas si elle m'aime comme une amie ou si elle voudrait qu'on devienne… euh…

— Que vous couchiez ensemble ? Tu peux le dire, tu sais.

— Oui, c'est ça.

— Tu n'as pas envie de faire l'amour avec elle ?

Emma fait la grimace, dégoûtée.

— Non, pas du tout !

Elle fait mine de vomir, ce qui fait sourire Mara. Puis elle reprend la parole plus sérieusement.

— Je n'ai envie de ça avec personne en fait. Mais je l'aime tellement, j'ai très peur qu'elle ne comprenne pas.

— Qu'est-ce qui te fait penser qu'elle ne comprendrait pas ?

— Elle m'a dit qu'elle m'aimait, je ne lui ai pas répondu et depuis, je n'ai plus de nouvelles.

— Ah, c'est pour ça que ta petite flamme est éteinte par moments !

Emma sourit pauvrement. Elle se dit qu'elle est vraiment transparente.

— Tu devrais peut-être lui dire ce que tu ressens.

— C'est compliqué quand on ne sait pas trop ce qu'on ressent.

— Ça a l'air très clair quand tu m'en parles. Tu l'aimes mais tu n'as pas envie de former un couple avec elle. Dis-lui !

— Mais si je me trompe et que son « je t'aime » n'était pas une proposition de… tu vois quoi !

— Eh bien, elle te le dira, voilà tout. Si votre amitié est forte, ce n'est pas ça qui va la casser. L'important, ma belette, c'est de la respecter et de te respecter toi-même. Sois honnête et si elle a du mal avec ça, fais une petite pause le temps qu'elle soit capable de t'écouter.

— Et si ce n'est jamais le cas ?

Mara fait une grimace.

— Ça, ma petite, j'espère juste que ça ne t'arrivera pas…

— C'est ce qui s'est passé avec Diana ?

— Non. Pas du tout.

— Tu ne veux pas m'en parler ?

— Non.

* * *

Le silence s'installe. Mara s'enfonce dedans, comme elle l'a fait depuis des années, des décennies. Et Emma n'a aucune idée de la manière dont elle peut l'en libérer.

21

Une grosse erreur

Dans le train pour Riga, l'ambiance est un peu terne. Le trajet est court, une demi-heure dans un petit train antique. Le ciel gris menace de déverser une pluie triste. Il a fallu quitter l'hôtel et la plage. Le séjour touche à sa fin.

* * *

Emma tripote son téléphone en se demandant comment écrire ce qu'elle ressent à Nina. Cela fait déjà six jours qu'elle n'a plus de nouvelles. Il va bien falloir qu'elle se décide. Elle commence un message. L'efface.

* * *

Mara mâchonne une nouvelle amère. Le notaire a retrouvé des éléments sur la maison de Jurmala, qui lui appartient bien, mais aussi sur la maison de sa mère, qui a été réquisitionnée pendant les années soviétiques, puis laissée à une famille qui a fini par l'abandonner quand elle a commencé de tomber en ruine. Ses grands-parents avaient apparemment réclamé la vieille maison en son nom et du coup, elle en est responsable et le notaire veut lui coller cette bicoque haïe sur le dos. La meilleure solution serait de la raser et de vendre le terrain, mais le notaire veut qu'elle aille sur place confirmer que c'est bien son ancien chez-elle. Et ça, ça la rend malade. Repasser le seuil de cet endroit, revoir ce lieu qu'elle a passé tant de temps à effacer de sa mémoire… et la maison des Galanta, juste à côté ! Non. Elle ne peut pas y retourner ! Mais comment avouer à Emma qu'elle ne va pas récupérer la datcha de Jurmala ?

* * *

Elles retournent au premier hôtel, elles partagent une suite, tout naturellement. Il n'est plus question de se séparer pour la nuit. Quelque chose entre elles, de l'ordre du lien familial, sans doute, avec une dose de la magie subtile qui leur permet de communiquer sans parler et le tour est joué. Elles sont grand-mère et petite-fille, ça y est.

Fin de l'histoire ?

* * *

Tandis que Mara sort un à un tous ses flacons, pots de crème et tubes de cosmétiques pour les disposer dans la salle de bains, comme un rituel un peu vain, puisqu'il leur faut repartir demain soir, elles papotent.

— Il nous reste la journée de demain, tu veux faire quoi ?

— J'avais envie de voir les maisons Art nouveau, de visiter la maison du KGB et d'aller là où tu t'es promenée avec Armand, là où tu as fait le choix de partir.

Mara a un temps d'arrêt.

— C'est important pour toi ?

— Ben oui, c'est un peu là que ma vie s'est décidée, non ?

— Oui, en quelque sorte… c'est émouvant, vu comme ça.

— Ben voilà, du coup, je voudrais y aller.

— Si tu arrêtes de dire « ben » tout le temps, je veux bien t'emmener. Mais demain, là, j'ai quelque chose à faire.

— Voir le notaire ?

— Mmmh, oui.

— Je veux y aller avec toi.

— Non.

Emma est surprise par le ton sans appel de Mara. Elle hésite à protester. Ce qui la décide, c'est le regard fuyant de sa grand-mère.

— Tu me caches quelque chose.

— Non.

— Mara ! proteste la jeune fille.

— Quoi ? Tu es très pénible par moments, tu sais ça ?

Très vexée, la petite s'empourpre. La vieille dame se mord la lèvre.

— Pardon. Ce n'est pas ce que je voulais dire, je…

Hésitant entre bouder et tirer les vers du nez de son insupportable grand-mère, Emma se tait et cela ramollit d'autant plus Mara.

— Excuse-moi, Emma, je suis une vilaine mamie, je le sais…

— Mais non ! Je t'aime beaucoup comme tu es !

Ce cri du cœur semble achever de faire fondre le glaçon dans le cœur de Mara. Elle a les larmes aux yeux.

— Pardon, je ne suis pas honnête avec toi. En fait il y a un problème avec la maison de Jurmala.

— Quoi ? Elle n'est pas à toi finalement ?

— Si, si, à moi et aux cousins, mais en cherchant les informations me concernant, le notaire a découvert que la maison de Riga, celle de ma mère, m'appartient et je dois m'y rendre avec lui tout à l'heure. Je ne peux pas régler cette affaire de succession sans gérer toutes les pages du dossier, apparemment.

— Si tu veux l'une, il va te falloir accepter l'autre, c'est ça ?

— Non, mais je suis responsable de cette maison. La première des choses, c'est d'aller dans cette satanée bicoque pour certifier qu'il s'agit bien de ma maison d'enfance.

— Et tu ne veux pas y aller, c'est ça ? demande Emma, perspicace.

— Je n'ai pas la force, je suis désolée, Emma, je ne peux pas faire ça…

— Il n'y a pas d'autre moyen ? L'identifier avec des photos ? Tu me donnes l'adresse et je t'envoie les images, non ?

— Non, le notaire sait que je suis ici, il n'y a pas d'autre moyen.

Emma se tait, Mara aussi, un long moment. Au bout de minutes interminables, la jeune fille, posant sa main sur celle de sa grand-mère, lui demande tout doucement :

— Pourquoi c'est si dur d'y aller, Mara ?

La vieille dame lève des yeux pleins de larmes vers sa petite-fille et soudain, elles basculent toutes deux dans le souvenir. C'est brusque, violent, cela fait mal à Emma.

* * *

Je suis dans le salon. Il y a de nouveau une famille à l'étage, on a encore dû replier les souvenirs des chambres de Janis et Pauls, tout remettre, une fois de plus, dans le salon, jusqu'à ce que ma mère fasse fuir les nouveaux arrivants, ce qu'elle finit toujours par faire, qu'on redéploie les objets, les meubles... jusqu'à ce que le Parti renvoie encore d'autres occupants. Ça fait trois fois, quatre fois ?

Je range hâtivement mes vêtements dans ma valise en carton bouilli, ainsi que trois livres et mes carnets de chant.

— Qu'est-ce que tu fais encore ? demande maman, acerbe.

— Je fais ma valise, tu vois bien !

— Quoi ? Mais tu vas où ?

— Chez Diana, elle m'a invitée pour la semaine.

— Il n'est pas question que tu ailles encore chez ces gens ! crie alors maman, hors d'elle.

Elle est rouge, furieuse, elle va refuser, me retenir, mais je ne peux plus dormir ici, je fais des cauchemars sans cesse et le manque de sommeil va me faire rater mes examens. J'ai besoin de dormir, au calme. Mamiliana s'est inquiétée de ma santé auprès des parents de Diana, ils ont proposé de me prendre avec eux, un peu, pour la fin de l'année scolaire, avant que je ne retourne à Jurmala chez Mamina.

— Pourquoi tu vas dormir chez ces gens ? Tu as un lit ici, un toit !

Elle désigne les lieux d'un grand geste, ce tas de meubles entassés, ces vieux jouets poussiéreux, les livres d'enfant d'un autre âge, les maquettes cassées, tous ces affreux restes de mes frères et là, je ressens une bouffée de rage profonde, incontrôlable. Ça fuse et je ne peux pas l'empêcher, je hurle à mon tour.

— Parce que j'étouffe ici, je n'en peux plus de cette ambiance, de ces objets, de cette poussière, partout, jusque dans la nourriture ! Du pain à la poussière, du lait à la poussière, du beurre à la poussière, tout est gris et triste, tout le temps !

Je suis essoufflée, submergée par ma propre colère qui m'a enveloppée soudain, mais craintive du coup qui ne va pas manquer de s'abattre. Il ne se passe rien. Elle me regarde, dure comme la pierre. Et la folie habite son regard, cette brume qui la traverse de plus en plus souvent, celle qui me fait cauchemarder et me vole mon sommeil.

— Ils ne vont pas te prendre toi aussi. Il n'en est pas question. Ils ont déjà pris mes petits, mais pas toi encore.

— Qu... quoi ?

Je balbutie.

— De qui parles-tu ? Des Russes ?

— Non bien sûr ! Des Galanta, ces traîtres, ces monstres !

— Mais quoi, tu racontes quoi ?

— Tu ne trouves pas bizarre qu'ils aient encore leur maison, qu'ils ne soient pas obligés de la partager comme nous ? Et ces postes à la VEF, pour eux tous ? Ça ne t'a jamais posé question ?

Je ne comprends pas ce qu'elle est en train d'inventer, mais la rage folle habite ses mots.

— Ils font semblant de rien depuis des années, mais j'ai tout compris maintenant ! Ce sont eux, les Galanta, ce sont eux qui ont dénoncé ton père, c'est leur faute ! Mes petits, mes pauvres petits, c'est à cause d'eux qu'ils ont été déportés là-bas, qu'ils sont morts de froid, de faim...

et maintenant, c'est toi, toi qu'ils veulent me prendre...

Maman pleure soudain, gémit, tombe à terre et je suis là, debout, sans accepter que ses mots mauvais, ses mots déments, entrent dans ma tête. Poison.

Je prends ma valise et je sors.

* * *

—Je ne peux pas le croire.

—Moi non plus, je ne l'ai pas cru, Emma, je n'ai pas voulu. Je me suis dit que ma mère devenait vraiment folle, et paranoïaque. Elle a continué à devenir de plus en plus délirante jusqu'à ce qu'on l'hospitalise de force. Du coup, j'ai laissé ça de côté pendant des années... Mais ensuite il s'est passé quelque chose, il y a un autre souvenir que je dois te montrer.

La jeune fille fait non de la tête, elle veut respirer un peu, mais Mara ne lui laisse pas le choix, elle veut plonger, encore, aller au fond des choses une bonne fois pour toutes.

* * *

Le transfert est brutal, encore un peu plus, mais la sensation corporelle immédiatement différente : ce n'est plus un corps de jeune fille qu'Emma rejoint temporairement, mais celui d'une femme. Elle a des seins plus gros, plus tombants aussi, un ventre plus mou, de petites douleurs, une sensation que tout est moins fluide, moins... jeune. Mara a quarante-deux ans, elle est maman d'une jeune Héloïse de neuf ans, elle a la voix plus grave, un port plus affirmé, de beaux vêtements doux sur la peau.

* * *

Je suis à Paris, dans un café près de l'Opéra, c'est la fête. La première du nouvel opéra a obtenu le succès escompté, tout le monde boit, rit et je les observe avec tendresse ; pour la première fois de ma carrière, je ne suis pas la première chanteuse, je joue une mère... la mère. Mais mon nom est tout de même en tête de l'affiche pour attirer le public. Olivia, la jeune soliste qui tient le rôle principal, est au centre de l'attention des journalistes invités, c'est la révélation. On m'a demandé si j'en prenais ombrage et j'ai souri. Bien sûr que oui, mais je ne le dirai jamais. Je ne suis pas jalouse d'elle, mais de sa jeunesse dont je dois bien reconnaître en la voyant, qu'elle m'a définitivement échappé. Je suis cependant soulagée, étrangement, de commencer la deuxième partie de ma carrière sans difficulté. Tant de mes amies chanteuses ont vu leur cote de popularité baisser dès la quarantaine passée... et disparaître. Je reste là, je suis la Dame des murs et ce soir, je fête pour moi-même une autre victoire. Hier, le 4 mai 1990, mon pays a retrouvé son indépendance. Demain, la semaine prochaine, très bientôt, je pourrai y retourner. Retrouver Riga, ses rues chéries, revoir peut-être Diana... ma chère Diana.

Un homme s'approche, il a une carte de presse. Encore un jeune idiot qui va me demander si je me sens vieille. Quel con !

— Madame Galanta, puis-je m'asseoir ?

— Bien sûr, je vous en prie, la place est libre.

Je maudis intérieurement Armand, qui est parti coucher Héloïse, d'avoir abandonné cette chaise où s'installe l'importun.

— Alors, vous avez apprécié le spectacle ? demandé-je, essayant d'être affable.

— Je ne l'ai pas vu.

Mon étonnement doit se lire sur mon visage car il reprend la parole, vite, comme s'il avait peur que je ne le chasse.

— Je voulais vous voir, depuis plusieurs semaines, mais avec les répétitions...

— J'ai refusé toutes les interviews, oui.

— Votre secrétaire est redoutable.

— Ahmed ? Oui, il est très efficace.

— C'est une de vos pupilles ?

— Comment ça ?

— J'ai su que vous embauchiez des... réfugiés pour ce poste, que vous leur donniez une chance.

— Je leur donne un salaire parce qu'ils sont compétents. La chance n'a rien à voir là-dedans.

Quel nigaud. Comment sait-il ça ?

— Je ne viens pas pour ça, je...

— Comment le savez-vous alors ?

— C'est que… j'ai mené une enquête sur vous.

— Je vous croyais journaliste, pas inspecteur !

— Je le suis, je travaille pour un journal indépendant, je… excusez-moi, je m'y prends mal.

— Allez droit au but ou partez.

— Oui, oui… Je vous explique : je rentre juste en France. J'ai couvert la Révolution chantée, à Riga, depuis plusieurs mois et c'est là que j'ai entendu… ou plutôt, lu votre nom, Galanta. Cela a fait tilt, tout de suite, parce que ma mère était fan de vous, elle me faisait écouter sans cesse votre air, la Reine de la nuit. Elle était lettone, de Ventspils, elle s'est échappée, comme vous, avant ma naissance.

Je ne sais pas où il veut en venir et ça commence à m'énerver. Il s'en aperçoit.

— Bref, ce nom Galanta, il n'est pas courant en Lettonie et cela m'a beaucoup étonné de le lire dans ce document précis où je l'ai trouvé.

— Pourquoi ?

— Savez-vous que les révolutionnaires ont réussi à s'emparer d'une partie des archives du KGB ? Pas tout, hélas, seulement les listes des Lettons qui ont collaboré avec les Soviétiques.

Leurs agents. Et c'est là que j'ai trouvé votre nom, madame, dans les listes d'agents du KGB.

Je me tais, j'essaie d'analyser ce qu'il me dit, mais une part de mon cerveau refuse de le faire, tandis qu'une autre me dit, avec la voix de ma mère : « *Ce sont eux, les Galanta, ce sont eux qui ont dénoncé ton père, c'est leur faute !* »

— L'agent qui portait mon nom, quel était son prénom, s'il vous plaît ?

— C'était une agente, madame. Elle s'appelle Diana. Diana Galanta.

Quelque chose s'effondre soudain en moi. Quelque chose de précieux, qui me tient, ma colonne vertébrale ? Mon squelette ? J'ai l'impression que l'intérieur de mon corps tombe en morceaux.

— Est-ce votre sœur ? Votre cousine ?

— Ce n'est pas possible.

— Comment ça ?

— Diana. Ça ne peut pas être elle qui... Elle n'a pu devenir agente qu'à l'âge adulte...

— Je ne comprends pas de quoi vous parlez, mais je confirme, Diana a votre âge, et elle est devenue agente après votre départ de Lettonie.

Hélas, malgré mes recherches, je ne peux pas vous dire ce qu'elle a fait. On n'a que la liste des noms, les rapports des agents ont été récupérés par le KGB et envoyés à Moscou avant qu'on puisse mettre la main dessus. On sait qu'elle a collaboré, mais pas du tout ni comment ni quand.

— Il n'y avait pas d'autres Galanta dans la liste ?

— Si, il y avait le père de Diana...

— C'est lui alors. C'est lui qui a dénoncé mon père !

Le journaliste semble stupéfait.

— Quelqu'un de votre famille a dénoncé votre père ?

— Non, non. Je ne suis pas vraiment une Galanta, c'est le nom que je me suis choisi parce qu'ils sont... ils étaient comme ma famille. Et que je voulais éviter qu'on me retrouve trop facilement, bien sûr.

— Je vois. Je suis désolé de vous apporter ces mauvaises nouvelles. Mais il n'est pas du tout certain que M. Galanta ait dénoncé qui que ce soit, vous savez ? Il a peut-être fait autre chose pour le KGB, des gens ont été inscrits sur cette liste pour de multiples raisons, des trafics, des témoignages, des…

Je ne l'écoute plus. Je ne l'entends plus. Je suis ailleurs, très loin, à Riga, dans la maison des Galanta et je les vois rire, jouer du violon dans leur grand salon… ma mère avait raison, c'était totalement improbable que le Parti les ait

autorisés à garder une si grande maison pour eux huit. Ils avaient un passe-droit. Et ces emplois à l'usine la plus en vue de Lettonie ! Comme pour les remercier de quelque chose.

Traîtres… voilà ce qu'ils sont.

— Madame ? Madame ?

Le journaliste s'affole, il doit parler depuis un moment tout seul, il s'est aperçu que je ne l'écoutais plus.

— Oui ?

— Je suis désolé, vraiment, je…

— Non, au contraire, je vous remercie. Sans vous, j'aurais commis une grosse erreur. Je sais maintenant à quoi m'en tenir.

22

Un pont

Ouvrant les yeux, se lâchant les mains, Mara et Emma ressentent une forme de déchirure. Elles pleurent, l'une doucement, avec ses petites larmes qui roulent sur ses joues ridées, l'autre avec de gros sanglots, les larmes dévalant ses joues rondes de jeune fille. Elles se serrent dans les bras, avec un élan qui les étonne autant l'une que l'autre. Il y a quelque chose entre elles de si fort, qui s'est construit si vite. Un pont, un lien, une liane qui court de l'une à l'autre et les noue ensemble. Quand elles desserrent leur étreinte, Emma demande :

— Et c'est à partir de là que tu as commencé à détester ton pays et que tu n'en as plus jamais parlé.

—Oui. Je n'arrivais pas à expliquer tout cela à Armand, ni à personne d'autre. J'ai tout gardé pour moi, comme d'habitude, et ça a pourri, salissant tous mes souvenirs. Je ne gardais que ces quelques bons moments à Jurmala que je t'ai montrés. Le reste, je l'ai revu, relu avec cette information et tout a été gâté. On passait notre temps ensemble avec Diana, chaque minute, chaque heure de notre vie. Les moments où nous étions séparées étaient affreux, parce que je les passais avec ma mère. Et voilà que même les instants partagés avec Diana m'apparaissaient à la lumière du mensonge, de la trahison.

—Mais… le journaliste a dit que…

—Qu'ils n'avaient pas forcément dénoncé mon père ? Oui, je sais, j'ai essayé de me raccrocher à ça au début, j'ai même pensé venir confronter Diana pour découvrir la vérité. Mais c'était trop dur d'imaginer revenir et découvrir que ma famille adoptive avait pu collaborer avec ceux qui avaient arrêté mon père et mes frères, qui avaient rendu ma mère complètement folle. Même s'ils n'avaient pas dénoncé mon père, ils avaient choisi leur camp et ça, c'était insupportable.

— Ils n'ont peut-être pas eu le choix ?

Le visage de Mara se fige, se ferme, elle redevient soudain la vieille femme fière et hautaine qu'elle affecte d'être avec les étrangers.

— Moi, je l'ai fait le choix, Emma. Je suis partie.

* * *

Comment dire à Emma, cette petite si joyeuse, que les doutes l'ont empêchée de vivre depuis trente ans, qu'elle a perdu le goût de tout pendant des mois, qu'elle a tenté de mettre fin à ses jours et qu'elle a dû suivre deux thérapies pour s'en sortir ? Au prix de son attachement vis-à-vis d'Héloïse, sa propre fille, et d'Emma elle-même et de son mariage qui, dès lors, n'a plus jamais eu ce goût de bonheur ensoleillé qu'ils avaient connu les premières années ?

Ce 5 mai 1990, la vie de Mara a changé du tout au tout, et tout est la faute de Diana.

* * *

Mara a l'air si triste, si affectée, Emma ne sait pas quoi dire ni quoi faire. La vieille dame fait un signe de la main, elle ne peut même pas parler. Elle va dans la salle de bains.

Emma est désemparée, elle aimerait demander conseil à Nina, lui expliquer ce qui se passe. Elle sort son portable par réflexe et là… il y a un message de Nina ! Non, en fait, il y en a quatorze. Ils sont tous arrivés en même temps ! Elle lui a répondu en fait, c'est que les messages ne passaient pas à Jurmala !

Nina, ça va ?

…

Je m'inquiète

…

Réponds, STP.

Je suis là, poulette !

…

J'étais en montagne avec ma tante, ça captait que dalle !

…

Emma ?

…

Ben on dirait que c'est toi qu'es plus là.

…

Oh oh ! Tu dors ?

…

Bon, ben, tu me bipes ?

…

Tu me manques.

…

Je t'aime

Emma frémit en lisant celui-ci mais la suite la rassure immédiatement.

Comme si t'étais ma sœur.

…

Tu crois qu'on peut s'adopter entre amies ?

…

Dire qu'on est des sœurs pour de vrai ?

…

Sans toi, ma vie est grise

…

Allez, réponds, quoi !

…

Bon, j'attends. Mais traîne pas trop !

Emma sourit. Mara, qui sort de la salle de bains, bien décidée à lui expliquer que non, elles n'iront pas rue Zvaigznu dans cette maison détestée… quand elle la voit, comme illuminée par une petite loupiote intérieure. C'est si touchant que les larmes à peine séchées menacent de poindre à nouveau.

La petite tapote sur son téléphone, ravie.

—Elle t'a répondu ?

—Oui ! En fait, elle n'avait pas eu les messages et moi non plus, après… on ne captait pas assez à Jurmala en fait ! Ou alors j'avais mal réglé le téléphone ! En tout cas, c'est bon ! Elle veut qu'on soit sœurs ! Elle m'aime comme une sœur !

— Tu n'as pas besoin de crier comme ça, jusqu'à preuve du contraire, je ne suis pas sourde, grogne Mara.

Emma s'arrête soudain de taper, comme si elle reprenait contact avec la réalité. Ce n'est pas parce qu'elle voit son problème commencer à se résoudre avec son amie qu'elle va laisser tomber son plan. Elle doit toujours réconcilier Mara et Diana.

— Ça va, toi ? Je veux dire, tu…

— Je vais mieux, mais… je ne suis toujours pas très persuadée d'aller voir la maison.

— On y va ensemble, je vais t'aider. On le fait une bonne fois pour toutes et c'est fini, OK ?

— Oui. Oui, on fait ça. Allez.

* * *

— Mara ?

— Mmh… c'est l'heure de dormir !

Elles sont chacune dans leur lit, Emma avec son téléphone, en train d'échanger des messages avec son père et Nina en même temps, tandis que sa grand-mère, un masque de voyage sur les yeux, tente de dormir malgré le pianotement incessant.

—Cette histoire de secrétaire, en fait…

—Quoi ? grogne Mara.

—C'est des gens qui t'écrivent pour que tu les aides, en fait, c'est ça ?

—Oui.

—Tu leur donnes des sous pour qu'ils puissent quitter leur pays ?

—Non, je leur donne un travail.

—C'est drôlement généreux quand même !

—Ça a l'air de t'étonner.

—Ben… si, je ne pensais pas que tu cachais un cœur d'or.

—Je croyais que tu ne devais plus dire « ben » ! Allez, tu dors maintenant, j'en ai marre.

Emma sourit dans son lit. Elle est fière de sa grand-mère.

* * *

Le lendemain, à l'heure du rendez-vous avec le notaire, elles sont devant l'hôtel et Mara hèle un taxi en levant la main.

— C'est loin à pied ?

— Pas trop, mais je n'ai pas très envie de faire durer le plaisir. Et on est déjà en retard.

— Ça, c'est ta faute… moi, j'étais prête à temps.

Mara grogne tandis qu'un taxi s'arrête à leur hauteur. La conductrice qui les fait monter a de beaux cheveux roux et un grand sourire.

— *Zvaigznu iela, 15, lūdzu*, dit Mara en letton.

— Ça veut dire quoi ?

— Ce que je viens de dire ?

— Oui, tu as parlé en letton, je n'ai pas compris.

— Mais… non, j'ai parlé en anglais.

La chauffeuse de taxi les regarde du coin de l'œil, Emma la voit dans le rétro.

— Non, non, je t'assure…

— Ah.

Mara soupire.

— Pourquoi tu n'aimes pas parler ta langue ? Elle est belle !

— Je n'en sais rien, c'est comme le reste, je l'ai mise de côté parce que ça me rappelle de mauvais souvenirs.

— Du coup, ça veut dire quoi ?

— C'est le nom de la rue. La rue des Étoiles.

— Oh, c'est joli !

Mara ne répond pas, regardant les immeubles défiler. Sans doute observe-t-elle les changements dans ces rues qu'elle a connues petite ? Elles sont vite arrivées. La maison est de taille modeste en bois, comme à Jurmala, et encore plus délabrée. La peinture n'est plus qu'un vague souvenir, un des volets de la fenêtre de l'étage est dégondé et il pend au risque de tomber sur un passant. Elle a une jumelle, en bien meilleur état. La rue est calme, il n'y a pas grand monde. Un homme les attend, en costume cravate, devant la maison. Le notaire. Mara descend, réticente. Elle regarde sa maison d'enfance avec un air de défi, comme si celle-ci était une créature vivante qui menaçait de la gober.

— *Malanta Galanta ! Kāds gods Jūs uzņemt. Es ļoti priecājos, ka varu Jūs sveikt šeit! Jūs esat mūsu valsts lepnums !*

Emma ne comprend rien, mais le gars semble hyper excité de rencontrer Mara, il s'adresse à elle comme à une reine et la vieille dame en profite pour se redresser et adopter son attitude de star. Ils échangent quelques phrases en letton en regardant la maison. Emma regarde sa grand-mère avec insistance, mais celle-ci ne semble pas vouloir lui traduire l'échange. Alors elle cherche la maison de Diana. C'est sans doute l'autre, la jumelle, celle qui est en bon état. Elle s'avance, observant les fenêtres du rez-de-chaussée en espérant y voir un visage connu. Mais rien ne bouge derrière les rideaux.

— Emma, viens par là, s'il te plaît.

Le notaire a ouvert la porte de la maison et ils sont en train d'y entrer. Elle les rejoint. L'odeur de renfermé est étouffante. La maison est complètement vide, il ne reste rien. Mara pousse un soupir de soulagement, ses épaules s'affaissent, comme si un poids énorme venait d'en tomber.

— Il n'y a plus rien, murmure-t-elle, plus rien.

— Ça t'embête ?

— Au contraire ! J'avais tellement peur de retrouver tous ces vieux objets, ces vieux meubles, ces souvenirs qu'elle gardait et chérissait plus que moi !

— Mais… ça n'a aucun sens, tu aurais dû te douter que tout avait disparu !

— Traite-moi de vieille folle, tant que tu y es ! J'avais peur, je n'ai pas dit que c'était rationnel…

Le notaire reprend la parole en letton et les voilà repartis dans une longue conversation. Emma sort par la porte de derrière, il y a un jardin en friche. De l'autre côté de la barrière s'étale par contre un superbe potager avec, au bout d'une allée de briques…

— Diana !

23

Au moins, Mara est sauvée

La vieille dame est là, accroupie, en train de ramasser des petits pois qu'elle met dans son tablier. Elle relève la tête, surprise.

— Emma, mais que fais-tu là ?

Derrière Emma, un mouvement l'alerte. Mara vient de sortir à son tour. Elle pose la main sur l'épaule de sa petite-fille, la serre et lui souffle à l'oreille :

— On y va, maintenant. C'est bon. On n'a plus rien à faire ici.

Emma garde les yeux plantés dans ceux de Diana et répond doucement :

— Tu ne crois pas que ce serait le moment de lui parler. Pour tourner la page ? On y va toutes les deux. Tu n'es pas toute seule.

La main de Mara sur son épaule se crispe un peu plus, jusqu'à lui faire un peu mal.

— Mara, il faut régler ça, c'est presque fini. Allez !

La vieille dame secoue la tête, refusant de bouger.

— Allez, viens, s'il te plaît…

Emma prend la main de sa grand-mère qui tente de s'échapper, comme un poisson dans l'eau, puis soudain, comme par magie, un chant leur parvient. Une petite fille, quelque part dans le pâté de maisons, chante en letton. C'est cristallin, beau comme une sculpture de glace, fragile et lumineuse. Alors Mara se détend, doucement et elle finit par dire :

— Oui. Allons-y.

* * *

Mara avance, ces pas cent fois, mille fois refaits quand elle était petite, qu'elle passait d'un jardin à l'autre, de chez elle à chez son amie. Pousser le portillon de bois, entretenu, aux gonds huilés, au bois repeint de bleu lavande, sans doute par Diana, le petit « clac » quand il se referme derrière elle et sa vieille amie qui l'attend, debout, un peu voûtée par l'âge, le visage tendu.

— Entrez, je vais faire du thé.

Dans le salon, Emma regarde tout, les meubles, les bibelots, elle reconnaît la pièce qu'elle a vue dans le souvenir de Diana. Mara est raide, elle n'observe rien, elle ressemble à une statue sur sa chaise. Diana sert le thé, en silence. Comme si aucune des deux ne voulait être la première.

— Tu t'es décidée, lâche finalement Diana dans un soupir.

— C'est Emma qui m'a poussée.

La jeune fille ravale une remarque ; c'est vrai, c'est elle qui a provoqué cet instant.

— Je vais parler alors, reprend Diana. J'ai beaucoup réfléchi depuis que l'on s'est vues en début de semaine. J'avais déjà beaucoup réfléchi pendant trente ans, depuis 1990. Et avant aussi, bien sûr. J'ai tant relu tes lettres, toutes celles que tu as pu me faire passer avant l'indépendance, qu'elles sont tombées en morceaux. Je ne trouvais aucune réponse à ton silence, à ton absence jusqu'à ce que tu m'appelles traître… sur le coup, j'étais décontenancée. Que tu ne veuilles pas me voir, la veille, m'avait déchiré le cœur. C'était la confirmation de ce que je pensais : si tu ne revenais pas en Lettonie, c'était à cause de moi. Et ce mot, cette accusation, c'était la pièce du puzzle qui me manquait. J'y avais pensé bien sûr, que tu avais sans doute quelque chose à me reprocher puisque tu ne venais pas me voir, malgré mes courriers, malgré mes demandes, mais je me rassurais ; c'était à cause de ta mère, de tes mauvais souvenirs. Par peur de retrouver ton enfance malheureuse ici. Mais tes grands-parents, même eux tu n'es pas venue les voir… Il y avait autre chose. Et voilà que j'ai compris : tu penses que j'ai collaboré avec le KGB, c'est ça ?

— Et ce n'est pas le cas, peut-être ? Je le sais, Diana, tu as été leur agente, et ton père avant toi ! C'est lui qui a dénoncé mon père, n'est-ce pas ? C'est grâce à ça que vous avez gardé la maison, que vous avez eu ces postes avantageux à la VEF !

— Mais non ! Non, bien sûr que non ! Ton père était le meilleur ami de papa ! Il l'adorait, il ne s'est jamais remis de son arrestation, il était son témoin de mariage et le parrain de Janis et… comment peux-tu imaginer ça ?

Diana a l'air profondément choquée. Et puis ses sourcils se froncent.

— C'est ta mère ! C'est elle qui t'a dit ça ! Quelle vilaine sorcière…

— Il n'y a pas qu'elle qui l'ait dit. Tu es sur les listes du KGB, Diana.

— Tu crois que je ne le sais pas ? Bien sûr que j'y suis. Comment crois-tu que ça se soit passé quand ils se sont aperçus que tu t'étais envolée ? Qui sont-ils allés voir d'après toi ?

Les yeux de Mara s'agrandissent. Emma est muette d'horreur.

— Ils m'ont arrêtée, à la sortie de l'école, la semaine suivante. Ils m'ont emmenée à la maison du coin, ils m'ont mise à la cave… j'avais si peur, j'étais terrorisée, on avait entendu tellement de choses ! Je suis restée là des heures avec d'autres femmes figées dans l'angoisse. On entendait des cris et des plaintes. Je me disais que je ne tiendrais jamais, que j'allais être obligée de parler, de te dénoncer et je me faisais horreur à moi-même. Mais c'était ça leur but, me terrifier, pas me torturer ni… ils voulaient quelque chose d'autre, et pour ça, ils ne voulaient pas trop m'abîmer. Surtout les mains. En fait, dès qu'ils m'ont tirée de ma cellule pour m'emmener en salle d'interrogatoire, j'étais déjà fendillée comme un pot qui va casser. Il y avait du sang par terre et… j'ai pleuré, j'ai crié. Ils m'ont laissée là toute seule, attachée. Ça a encore duré des heures, je ne savais plus si on était le matin ou le soir, je m'étais pissé dessus et quand ils ont été bien sûrs que j'étais brisée, ils sont venus. En fait, ton départ n'était qu'un prétexte. Je pense qu'au fond, ils n'en avaient rien à faire de toi, sinon, ils m'auraient arrêtée plus tôt, pour te rattraper avant que tu ne passes la frontière. Une semaine après, tu étais déjà à Paris, n'est-ce pas?

—Mais alors… quoi?

—La même chose que mon père: ils voulaient qu'on couvre un trafic à l'usine VEF. Ils me faisaient du chantage pour que je prenne un poste à l'usine et que je me taise sur ce que j'y verrais. En fait, sur la chaîne de montage des radios Spidola, mon père, et moi après lui, on était chargés d'un poste spécifique : on devait recouvrir le fil conducteur avec de l'argent. L'argent permet une bonne réception des ondes. Sinon, ça crachote, on ne capte pas bien. Sauf qu'on n'avait pas assez d'argent pour que ça marche durablement… la moitié du métal était trafiqué par des gens de l'usine pour être revendu en Occident et on nous a demandé de fermer les yeux. De nous taire. De mettre moitié moins d'argent sur le fil.

—Et vous avez accepté ? demande Emma.

Les deux vieilles femmes regardent la jeune fille avec étonnement.

—Mais on n'avait pas le choix avec le KGB ! répond Mara.

—Non, c'est sûr… si j'avais dit non… je ne serais sans doute plus là.

—On vous aurait déportée ?

—Oui, sans aucun doute, soupire Diana. Quand je suis rentrée à la maison, j'en ai parlé avec papa, bien sûr, et il était catastrophé, il s'en voulait de m'avoir fait embaucher à la VEF avec lui. Ils lui avaient fait le même chantage dix-huit ans plus tôt. Quand ton père s'est fait arrêter, Mara, ils ont aussi arrêté le mien, mais lui a eu plus de chance, il n'a pas été envoyé au goulag, ils l'ont placé à la VEF, à un autre trafic, sur du cuivre et ils ont menacé du pire pour être sûrs qu'il se taise. Ils ont acheté son silence comme ça… Il n'était pas fier quand il m'a expliqué tout ça, tu sais. Et il était si malheureux : abandonner la musique, qui était toute sa vie, pour ce poste à l'usine, c'était déjà dur, mais collaborer avec ces voleurs, c'était encore pire. En même temps, il culpabilisait, parce qu'il n'était pas parti au goulag comme ton père et tes frères… Je me rappelle, il a dit : « Et maintenant, c'est toi qui vas devoir renoncer au chant et faire ce sale boulot. Ça recommence… » Et puis il s'est redressé, il m'a caressé la joue et il a ajouté : « Mais au moins, Mara est sauvée. Elle a échappé à tout ça. »

* * *

Mara ne dit rien. Elle se mord la lèvre. Et puis elle a des larmes qui perlent à ses paupières.

— Ce n'est pas possible. Tu mens.

— Tu ne me crois pas ? répond Diana, amère. J'aurais dû m'en douter… Eh bien regarde.

Diana prend une main de Mara et une main d'Emma et les voilà parties, toutes les trois. La grand-mère et sa petite-fille sont comprimées dans le souvenir de Diana, toutes serrées l'une contre l'autre dans le corps d'une jeune fille terrorisée, sale, assise à la table du salon comme elles le sont aujourd'hui. En face d'elle, un homme pleure.

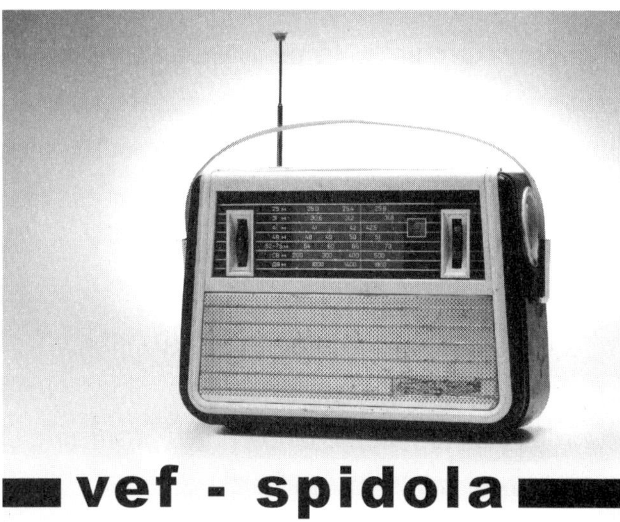

* * *

— Ma petite princesse, mon amour de petite fille, je suis tellement, tellement désolé.

— Tu n'y peux rien, papa.

— J'aurais dû te prévenir au moins, te raconter; mais tu me semblais encore si jeune, je ne pensais pas qu'ils te choisiraient toi, j'avais tout expliqué à tes frères, à ta grande sœur... jamais je n'aurais imaginé qu'ils te fassent ce chantage à toi, ma tourterelle.

— Papa, je t'en prie, ne pleure pas.

Je suis déchirée, je pensais avoir souffert dans cette cave, mais voir mon père détruit, l'imaginer humilié comme moi dans cette salle d'interrogatoire, par ces monstres, c'est très difficile, j'ai les larmes aux yeux.

— Tu aurais dû partir avec Mara.

— Non ! Bien sûr que non ! Et vous laisser ici ? Que ça retombe sur Janis, Peter ou Isilda ? Nous sommes une famille, nous sommes ensemble et je ne veux jamais vous quitter.

— Tu ne regrettes pas ?

— J'aurais pu partir, papa, elle me l'a proposé et Armand m'aurait aidée aussi. Mais je n'aurais pas pu vivre sans vous. Mara n'a plus de parents, plus de maison, mais moi, je vous ai pour supporter tout ça et même si je suis déchirée par son absence, vous êtes là.

* * *

Elles sortent du souvenir et Mara lève les yeux vers son amie.

— Pardon. Excuse-moi ma chère Diana. Je suis désolée, mon amie, je n'aurais jamais dû te soupçonner. Je m'en veux.

Elle pleure.

— Ah ma vieille amie, c'est moi qui m'excuse, j'avais honte de ce que je faisais et, si j'avais été honnête, si je t'avais expliqué cela dans mes lettres… Après la chute du mur, je ne craignais plus rien, mais je me sentais sale. Quand les gens ont su qu'on était sur les listes avec papa, on a perdu beaucoup d'amis et j'aurais dû me douter que cela te reviendrait aux oreilles. Quelle idiote ! Je n'avais pas envie que tu me trouves lâche, je n'ai rien dit.

— Diana ! Tu es loin d'être lâche, tu es courageuse, tu es restée ici à faire ce sale boulot, pendant que je vivais à l'Ouest, sans privation, sans peur, sans menace constante. Et j'ai pu chanter, autant que j'ai voulu !

— J'ai chanté aussi, le soir, les week-ends, j'ai chanté pour la révolution. J'ai chanté un peu partout en Europe. J'ai été célèbre ici, au début des années 70.

Emma ouvre de grands yeux, elle comprend soudain le dernier élément de mystère de ce puzzle.

— C'était vous, n'est-ce pas ? À Berlin, en 1972, de l'autre côté du mur, la femme qui chantait en même temps que Mara.

— Oui, bien sûr… J'étais en tournée, moi aussi, et ce soir-là, je savais que Mara était quelque part, de l'autre côté.

— On s'était écrit avant de venir, on avait tout fait pour organiser une rencontre.

— Mais on ne pouvait pas se voir, hélas, parce qu'elle s'était enfuie, qu'elle était considérée comme une criminelle. Je n'ai pas eu d'autorisation pour la retrouver, même une heure. Malgré tout, j'ai été attirée par le mur, je voulais le voir. À l'époque, il n'y avait pas encore le no man's land partout, on pouvait s'en approcher, le toucher, presque. Et là, je l'ai entendue. C'était Mara, j'en étais sûre. Alors je lui ai répondu.

— J'avais eu la même envie que toi, voir ce mur qui nous séparait. Alors j'ai chanté en me disant que ma voix portait plus haut que ce mur de béton. Juste pour le défi. Et quand tu as répondu, j'étais submergée d'émotion, je sentais que c'était toi, même si cela semblait tellement incroyable, tellement extraordinaire !

— Tu n'en as jamais parlé à personne, s'étonne Emma.

— Non, je n'ai rien dit parce que je ne voulais pas que Diana ait des problèmes à cause de ça.

— Tu n'aurais rien changé, hélas. Je n'aurais pas dû être là, j'ai eu des problèmes quand même, quand ça s'est su. On m'a ramenée *illico presto* à Riga, sans que je puisse finir la tournée, et on m'a refusé le droit de chanter, ensuite...

— Tu as dû cesser de chanter ! s'exclame Mara, horrifiée.

— Je n'ai arrêté que quelques années... mais oui.

— Tu ne m'as rien dit !

— Je ne voulais pas que tu culpabilises. Mais depuis l'indépendance, je chante librement les *dainas* de notre culture, et je dirige une chorale à l'école française !

— Vous ne vous êtes pas mariée ? Vous n'avez pas d'enfants ? demande Emma.

— Non… ce n'était pas pour moi. J'ai pris soin de mes parents et de la maison, cela m'allait bien. Je n'ai pas été malheureuse. J'aime la Lettonie, je sais que je n'aurais pas pu faire comme toi, tout quitter. Et puis, j'avais la chance d'avoir des parents et des frères et sœurs, contrairement à toi, alors il me semblait normal d'en profiter puisque j'avais ce bonheur que tu n'avais pas eu.

Sous les yeux émus d'Emma, les deux vieilles amies se serrent alors l'une contre l'autre, avec un grand élan d'amour et de tendresse. Elles pleurent et se caressent les cheveux, les joues. C'est si intense et puissant qu'il semble y avoir un halo autour d'elles, une bulle dorée. Deux cœurs qui n'auraient pas dû être séparés.

Épilogue

EMMA MONTE EN COURANT LES ESCALIERS de pierre plutôt que de prendre l'ascenseur. Elle est enchantée par sa journée : visite du muséum, deux heures de dessin au Jardin des Plantes, un thé à la mosquée et une belle balade le long des quais, c'est son cinquième jour à Paris et elle adore ses vacances. Et puis dans deux jours, Nina la rejoint, et ça, c'est vraiment la fête ! Elle ouvre la grosse porte blindée de l'appartement de Mara et crie :

— Y a quelqu'un ?

— Mademoiselle Emma ? Je suis dans le bureau.

La jeune fille laisse son sac à l'entrée et file au fond du couloir. Fatima est cachée derrière une pile de courriers et de colis.

— Eh ben, c'est pire que d'habitude ! fait Emma.

— Bah, c'est à cause de la diffusion du reportage sur France 2, ça a fait un gros succès.

— Oui... Mara se plaint qu'on la reconnaît dans la rue, mais en fait, elle adore ça !

La jeune secrétaire et Emma rient de concert.

— Vous allez à l'opéra ce soir ? demande Fatima. Mme Galanta vous a laissé votre place sur la table de la cuisine.

— Oui, bien sûr ! Et vous venez avec moi.

— Je ne sais pas, j'hésite encore... je n'ai rien à me mettre, je n'ai jamais été à l'opéra !

— Ne vous inquiétez pas pour ça, Mara m'a dit qu'elle nous faisait livrer des tenues adaptées. Elle a peur que je vienne en jean et baskets. Alors elle a choisi des robes pour nous.

— Elle... elle a acheté une robe pour moi ? s'étonne la secrétaire.

— Oui.

— Je ne peux pas accepter, c'est trop.

— Au contraire, c'est sa façon à elle de vous remercier. Quand elle vous râlera dessus demain matin parce que son café n'est pas assez serré ou qu'il y a trop de courrier en retard, vous lui en voudrez un peu moins…

— Je ne lui en veux jamais, sourit Fatima. Elle a déjà fait beaucoup pour moi. Sans elle et mon oncle Ahmed, je serais peut-être encore de l'autre côté du mur au Maroc. Ou noyée…

— Elle ne voit pas les choses comme ça. Son mari l'a aidée à quitter la Lettonie, et puis elle a aidé votre oncle Ahmed quand il en a eu besoin, et vous maintenant, c'est normal, pour elle.

Fatima sourit de plus belle.

— Vous la connaissez bien. Vous avez une belle relation toutes les deux.

— Oui. J'ai de la chance.

— Elle en a aussi. Et j'ai vu vos dessins, vous êtes talentueuse… comme on dit, la pomme ne tombe jamais loin de l'arbre.

Emma sourit, rougit et imagine déjà comment illustrer cette expression, avec un arbre et une belle pomme rouge à son pied. Elle le dédicacera à Mara.

—Au fait, Emma, il y a une lettre que vous devriez lire, votre grand-mère l'a laissée pour vous avec les billets pour ce soir.

Madame,

J'ai été abasourdi quand j'ai reçu votre argent par mandat. De l'argent, à moi ! Alors que vous ne me connaissez pas ! Je ne sais même pas comment vous avez pu trouver mon adresse.

J'ai d'abord pensé le refuser car je ne vous avais pas écrit pour mendier. Mais j'ai mis ma fierté de côté et il m'a sauvé la vie. Vous m'avez sauvé la vie.

Si Gaza est une prison, alors l'argent en est la clé. J'ai pu me rendre au poste de Rafah et j'ai payé pour franchir la frontière. Aujourd'hui, je vis au Caire et je travaille dans un petit magasin tenu par des Palestiniens en exil, comme moi.

L'Égypte est un pays pauvre et la vie y est dure, mais au moins, c'est une vie.

Une vie, madame ! Le soir, j'aide d'autres Palestiniens en fuite à trouver un logement et un emploi. Je rencontre toutes sortes de gens et je retrouve le goût du rire. À Gaza, mes journées étaient comme le désert, j'avais l'impression d'être oublié, inutile. Ici, il y a tant de choses importantes à faire ! Mes deux bras et tout mon temps n'y suffisent pas.

Chaque jour, j'économise un peu d'argent. Je vous rendrai tout ce que vous m'avez donné, jusqu'au dernier centime. Cela ne remboursera jamais l'immense dette que j'ai envers vous, mais je vous en supplie, ne le refusez pas car c'est tout ce que je peux faire pour vous montrer combien je vous suis reconnaissant.

Un jour je me rendrai en France, à Paris, je frapperai à votre porte et je vous dirai : « Bonjour madame Galanta. Je suis l'homme que vous avez libéré de sa prison. Vous êtes une très grande dame et je suis très fier de vous rencontrer. »

Oui, un jour, je trouverai un moyen de vous remercier. En attendant, j'écoute votre musique et elle rend ma vie plus belle, car je sais maintenant que votre voix est celle des gens qui aident les autres.

Naim

Note de l'autrice

J'ai découvert la Lettonie en 2018 grâce à une invitation de l'Institut français de Riga : nous y sommes allés avec Paul Beorn pour rencontrer les lecteurs de *14-14* traduit en letton par Valerija Lasovska pour les éditions Janis Roze. Depuis ce séjour, la Lettonie n'a jamais quitté mon cœur. J'aime ce pays, sa culture, son attachement fort et poignant au chant et au livre.

En 2019, quand j'ai décidé d'écrire sur les murs qui séparent le monde et qui empêchent la circulation libre des personnes, j'ai pensé au mur de Berlin et au rideau de fer. J'ai grandi dans une Europe coupée en deux, j'ai vu le mur de Berlin tomber à la télé, en 1989, j'ai des amis qui ont vécu à l'Est et m'ont raconté cette vie si différente de la nôtre par certains aspects, si proche par d'autres. De tous les pays de l'Est, j'ai naturellement choisi la Lettonie pour parler de cette époque qui vous paraîtra peut-être lointaine, mais qui résonne beaucoup avec la nôtre. Nous aussi, nous avons des murs qui se dressent aujourd'hui autour de nous. En 1989, je pensais que le mur qui tombait ne serait pas reconstruit, mais depuis l'Europe a construit de nouveaux murs en Grèce et au Maroc, pour refuser aux réfugiés d'être sauvés de la guerre, de la misère et des catastrophes climatiques. Combien y a-t-il de Mara dans les camps de réfugiés aux portes de l'Europe ? Combien de jeunes gens merveilleux, talentueux qu'on laisse mourir à petit feu derrière des murs ?

Début 2020, Claire Renault Deslandes m'a donné le feu vert pour écrire ce roman et… tout a été bouleversé, pour une raison que vous connaissez tous : nous avons vécu ensemble cette année 2020 si particulière.

Je n'ai pas écrit du tout pendant le confinement, j'étais enfermée entre trop de murs pour que mon imagination soit libre. Mais dès le premier jour de libération, dès que j'ai pu voir ma famille et mes amis, j'ai écrit tous les jours, énormément.

Ce livre a été écrit aussi pendant les émeutes antiraciales aux États-Unis, et pendant les événements de Biélorussie. À l'heure où nous imprimons, nous ne savons pas encore comment et sur quoi tout cela débouchera.

Je devais retourner en Lettonie en août 2020 pour chercher auprès des personnes concernées des précisions qui me semblaient essentielles, grâce à l'Institut français, mais la situation m'a empêchée de partir. Cependant j'ai eu de l'aide, à distance, de nombreuses personnes qui m'ont permis, j'espère, de faire le moins d'erreurs possible.

J'ai fait de très nombreuses recherches, lu et vu de très nombreux documents et discuté avec des spécialistes ou des habitants. De la même façon, Paul, pour ses lettres, a cherché de très nombreux éléments.

J'ai choisi le point de vue d'une jeune Française découvrant la Lettonie, mais aussi celui d'une vieille dame qui a vécu la plus grande partie de sa vie en France.

Pour éviter les erreurs, j'ai fait relire ce texte à des amis ayant vécu à l'Est pendant les années 70-80.

Pour éviter les approximations historiques, j'ai posé beaucoup de questions à Sophie Vilks-Battaia, maître de conférence en histoire contemporaine à l'Institut Catholique de Toulouse. Dita Podskočija, de l'Institut Français de Riga, a aussi été d'une aide précieuse.

M'ont aussi particulièrement aidée : Olga Popovic-Slater, Alla Pennec, Ana Firoiu, Carina Rozenfeld, Natacha Vas-Deyres et mon oncle Cyril Mangenot (pour l'aspect technique !).

Et bien entendu, mes amis d'écriture, Lise Syven et Gauthier Guillemin qui ont lu et annoté le texte, Agnès Marot qui a vérifié que ça allait bien à la fin, Cindy van Wilder, Maëlig Duval et Nadia Coste qui me soutiennent au quotidien.

Note de Paul Beorn

Merci à Silène Edgar de m'avoir fait une petite place dans son roman, comme un invité au salon, en écrivant les quatre lettres adressées à Mara Galanta au fil du récit.

Crédits photographiques

Chapitre 1
Carte de l'Europe
Crédit : © Shutterstock

Chapitre 3
Loupe sur Riga
Crédit : © Shutterstock

Chapitre 9
Bibliothèque Nationale de Lettonie à Riga
Crédit : © Shutterstock

Chapitre 13
Photo de groupe
Crédit : Silène Edgar

Chapitre 15
Datcha
Crédit : Sovfoto/UIG / Bridgeman Images

Chapitre 16
Femme à la bassine
Crédit : Silène Edgar

Chapitre 17
Homme à la moto
Crédit : Silène Edgar

Chapitre 18
Mur de Berlin
Crédit : © Imago / Bridgeman Images

Chapitre 19
Femme et enfant
Crédit : Silène Edgar

Chapitre 21
Marie Hélène de Rothschild, Maria Callas et Aristotle Onassis
Crédit : Coruzzi, Giovanni / Bridgeman Images

Chapitre 23
Poste de radio VEF Spidola
Crédit : d'après © Shutterstock

Aubin
IMPRIMEUR

Achevé d'imprimer en février 2021
par Aubin Imprimeur à Ligugé
N° d'impression 2012.0089
Dépôt légal, mars 2021
Imprimé en France
36231753-1